陪時間跳舞

和權著

跳舞

和權詩集

序

李怡樂

菲華著名詩人和權，是個奇才。

和權十五歲就開始與詩結緣，數十年如一日手不輟筆，著作甚豐。令人津津樂道的是，他的作品被選入作為教材，這在菲華詩壇上是罕有的（「橘子的話」選入張默、蕭蕭編的「新詩三百首」——大學現代詩課堂上採作教材。其「熱水瓶」收錄南一書局出版之中學國文輔助教材「基測綜合題本」。詩作「鐘」收入臺灣康熹文化「高分策略——國文」）。特別是，二○一二年榮獲菲律賓作家聯盟（UMPIL）頒詩聖描轆杳斯文學獎，該獎為菲國最高文學獎，亦為「終身成就獎」。

一般人（包括筆者）會認為，能有如此成就已臻峰巔。豈料近二、三年來，他投入臉書汪洋大海，劈波斬浪，詩思敏捷，其創作既快又多，且好評如潮，蜚英騰茂。轉眼間又結集兩本詩集：「陪時間跳舞」和「落日是紅顏」（待出版）。

本詩集分為：

第一輯　與爾同消萬古愁

第二輯　陪時間跳舞

第三輯　忘情小築

以上共計三百餘首詩，依然保持著深入淺出的和權體風格。但，詩人的筆觸，顯得更加空靈，每首詩都凝集了奇思妙想，營造出令人驚異又嘆服的意境。這是詩藝上可喜的突破，是詩人的天賦加嘔心瀝血努力的必然結果，絕非奇蹟。羅門生前說，和權是「鬼

才」，筆者真佩服前輩詩人的慧眼。

先介紹和權的短詩：

歷史

　　——王濬樓船下益州，金陵王氣黯然收。（劉禹錫）

歷史
住在傷口裡
一碰就
痛

「傷口」會「痛」，是人肉體的感覺。

歷史，特別是中國近代史，多少喪權辱國的「痛」，都被作者安置在「傷口裡」。每當有所感觸（一碰），就令人痛心疾首。如此高明的想像，高度濃縮的文字，找不到恰當的形容詞，筆者唯有用一個字：讚！

再舉一首與讀者分享：

美女

　　——賤日豈殊眾？貴來方悟稀。（王維）

世界啊
迷人的美女
卻被家暴　全身
是傷

以「美女」喻「世界」，既新鮮又貼切。本來，人類生存的這個世界是美好的，「江山如此多嬌」。漸漸地，人類因自私與貪婪，破壞生態環境；因野心而爭鬥不息，各自武裝到牙齒，弄得整個世界滿目瘡痍（全身是傷）。這般種種行為，作者喻之為「家暴」，非常貼切，又非常鮮活。

比喻，是詩創作時不可或缺的修辭法，如何把握這一重要技巧，因人而異。和權獨特而簡潔的運用手法，確實不同凡響。

雨後

　　　　　——夜來風雨聲，花落知多少。（孟浩然）

你的詩　也不過是
一些花瓣　昨晚人生的
一場小雨　留下的

這也是很平白的短詩，字面上看，「昨夜」、「小雨」、「花瓣」，簡單明瞭，沒有華麗的形容，這正是和權與眾不同之處。

首先，作者引大家熟悉的孟浩然的詩，「夜來風雨聲，花落知多少。」作為此詩的背景，加強氣氛。詩中「昨夜」「一場小雨」，作者於其中嵌入「人生的」，把尋常的一場夜雨，提昇至人生風雨的境界。

「你的詩／也不過是／一些花瓣」。花瓣喻詩，其意是：你熬夜寫詩，那只是一些被人生風雨打落的花瓣。非常巧妙的比喻。

在文學的百花園裡，詩對社會現實非常敏感。詩，來源於生活，詩表達作者對生活中點滴滴的感受。和權將寫詩筆喻鋒利的劍，這把劍用途太多了。

劍

　　　　　　　——北斗七星高，哥舒夜帶刀。（西鄙人）

身上　永遠帶著一支
鋒利如劍的筆　他們
卻不知道　那是用來
刺殺　寂寞與憂思

　　是筆也是劍，不僅用來解決創作旅途上的孤單與寂寞，也戳穿社會上的虛偽。

速寫落日

消失的瞬間
落日
兀自沉醉於
眾海浪
激情的
歡呼：

萬歲

詩人的回答

何以
燃燒了數千年

至今
尚未熄滅

親愛的
他們用烽火
探照
真理

　　雖說這是「劍」，卻也是一支多情的「筆」，它會因憂思而難
於入眠。

失眠夜

燈光下
癱軟於地上的
影子
是濃黑的
憂鬱

把燈熄了
統統收入
心中

　　「影子」喻「憂鬱」，有形喻無形，取其同樣是「濃黑的」。
「影子」的「癱軟」，則表示「憂鬱」是一種無能為力的狀況，憂
思如此之深，「把燈熄了」就更加「濃黑」，統統壓在「心中」，
理所當然失眠了。

這「筆」表達人生的苦難，是這樣：

橋

　辭職不幹了。卻仍然像一座
　橋　　弓著身子　讓日子那麼
　沉重的腳步　從背上踏過去

很生活化的比喻，寫橋，言外之意，說的是人。「日子」也擬人化了。此詩，讓人感到熟悉又親切。

詩人在比喻中巧妙地應用諧音，加強所描述的意旨。

杯子人生
　　　　　——葡萄美酒夜光杯，欲飲琵琶馬上催。（王翰）

　人生啊　晶瑩的杯子
　那半杯子裡　是
　汗水和淚水　味道
　苦澀

「半杯子」，即是「半輩子」的諧音。

大多數人辛辛苦苦的半輩子，不就是汗水和淚水流淌的過程，何等苦澀！

當「筆」描繪親情，令人感到春光融融。

溫暖的手

　　　　　　——誰言寸草心，報得三春暉？（孟郊）

躺在病床上
母親含著淚
說：
讓我摸摸
你的臉

爾今
那隻手
仍在夢裡夢外
輕輕地
撫摸
我的臉

當「筆」追述愛情，情意真摯，詩意濃濃，令人遐想聯翩。

初戀

思念　翻過
連綿起伏的歲月
渡過波濤洶湧的
記憶。依然找不到
那張　時刻懷念
至今難忘的

清純而甜美的
臉

　　大家知道「柔情似水」，可是水的強悍不亞於「劍」。當和權的筆像浪濤猛擊現實社會頑固的礁石，飛濺而起的是，閃閃發光的一篇篇短詩。臺灣名詩人瘂弦曾說，和權的短詩是「華文詩壇一絕」。

　　和權的好詩不勝枚舉，筆者上述只是以「最簡單的」為例，更多精彩的，有待讀者細細賞析。

二〇一七年六月於菲京

唐詩的延續、挑戰與點射
──「誤讀」和權新作三首

余境熹

　　和權（陳和權，1944- ）活躍於網絡，經常用鍵盤敲醒詩魂，貼出佳作，又醉倒一片片詩林雅客。2016年4月10日他連續寫下〈深山〉、〈幸福〉、〈一覽眾山小〉諸作，按讚者眾，而我既以「誤讀」為事，就將三首合併為所謂「唐詩系列」，參用古代漢詩元素，發點怪論，試行新詮，不知和權前輩將投我以「千丈悲憫」，還是「忍不住大笑」。

　　首先是〈深山〉：

>　遙指著
>　雲霧深鎖的
>　山　他說
>　裡面有彎彎曲曲的
>　河流　有深淵
>　有雨林
>　有噬人的
>　獸
>
>　啊他說的是
>　人心

不妨當作是續寫賈島（779-843）〈尋隱者不遇〉之作。賈島詩云：「松下問童子，言師採藥去。只在此山中，雲深不知處。」寫

尋訪隱者，隱者卻上山採藥去了，不遇，詩篇亦戛然而止。但是，如果尋者繼續問下去呢？童子啊，童子就「遙指著」（不是杏花邨！）那座「雲霧深鎖的／山」，指著那雲深之處說：「他老人家到那有河流、有深淵、有雨林、有野獸的一個所在，啊，他說的是──對了，我記得他老人家說到山中採『人心』……」隱者是在中國東北爬山採「人蔘」？還是駕雲美洲大陸摘「人心果」？抑或，童子不很可靠，他記錯了？雲深，霧鎖，我們都不知處了。

〈幸福〉是三行的短詩，內涵卻很豐富：

　　點燃戰火　　照亮黑暗的世界
　　他們都是先驅者　　引領人類
　　尋找世外桃源

唐詩裡大部移用，甚至接近複寫陶潛（約365-427）〈桃花源記〉的，有王維（701-761）〈桃源行〉、權德輿（759-818）〈桃源篇〉二作；包融（695-764）〈武陵桃源送人〉、皎然（730-799）〈晚春尋桃源觀〉和張喬〈尋桃源〉等，則各自取用〈桃花源記〉的一些細節，借了陶先生酒杯；也有像韓愈（768-824）〈桃源圖〉的，劈頭就喊「桃源之說誠荒唐」；唯確切提及「避秦時亂」的，只有施肩吾（?-861）〈桃源詞二首〉（其一）云：「夭夭花裡千家住，總為當時隱暴秦。」若把五代南楚李宏皋（?-951）也算進來，其〈題桃源〉亦說過：「當時避世乾坤窄，此地安家日月長。」概言之，唐代詩人似未著意寫桃源與戰爭的聯繫。

和權〈幸福〉的策略則是「雙重反寫」，一是用了唐人較少著眼的「避秦時亂」──「戰火」來引入，另闢蹊徑；二是「戰火」一般予人負面印象，和權卻形容其「照亮黑暗的世界」，讓怕了戰爭殺伐的百姓把握機緣，覓得優美寧謐的桃源仙鄉，因禍而得福，

「戰火」乃因之光明起來。後一點,是連提及「避秦」的宋後作品,如史浩(1106-1194)〈太清舞〉、陸游(1125-1210)〈泛舟觀桃花〉、〈山家〉、辛棄疾(1140-1207)〈游武夷,作棹歌呈晦翁十首〉(其四)、王冕(1310-1359)〈偶成〉(其三)等都未曾言及的,其新意值得細味。進深一層,「人類」在20世紀經歷兩場世界大戰,「戰火」毀滅甚多,但灰燼裡是否也有「引領」向前、促成美好的種子?這是〈幸福〉帶來的思考,可供討論。總之,和權是創新的「先驅者」,按哈羅德・布魯姆(Harold Bloom, 1930-)的說法,〈幸福〉挑戰了前代詩人、前代文本,引導讀者變換視角,「尋找」予人更多想像空間的「世外桃源」。

最後是〈一覽眾山小〉,也是短製,言簡意賅:

> 站在峰頂　一棵樹說
> 我超越了眾山的高度
> 一朵灰雲　卻期待
> 化為小雨　流向低處

寫有人固然冀望凌越眾人,像「樹」般登上巔峰;但亦有人像「雲」,願意化為「小雨」,置身低處。若論典故出處,讀者自然先從和權的題目,聯想到杜甫(712-770)之〈望岳〉:「岱宗夫如何?齊魯青未了。造化鐘神秀,陰陽割昏曉。盪胸生層雲,決眥入歸鳥。會當凌絕頂,一覽眾山小。」然而「小雨」也自有其來歷,杜甫另一名作〈春夜喜雨〉云:「好雨知時節,當春乃發生。隨風潛入夜,潤物細無聲。野徑雲俱黑,江船火獨明。曉看紅濕處,花重錦官城。」通過杜甫〈望岳〉,再點射出他的〈春夜喜雨〉,原來〈一覽眾山小〉的「化為小雨」並非人望低處自甘沉淪的「下流志向」,更非出於心「灰」意懶,而是潤物無聲、渴望奉

獻世間的偉大情懷、高尚情操。

　　好的，別看這回下筆好像正正經經，請記著：以上（還有以下）全為「誤讀」。如果詩人是「主」，讀詩人是「賓」，我想來是位「非律賓」，不遵格律，不依規律，尊敬詩人，卻常不考慮他們寫詩的原初意圖。

　　無論如何，近時洛夫（莫洛夫，1928-　）推出《唐詩解構》，余光中（1928-　）的《太陽點名》亦有「唐詩神遊」一輯——唐人佳作，看來將在新詩界刮起更大旋風。和權的詩甚受歡迎，若銳意發展「唐詩系列」（？），匯整成冊，詩與詩異代有回音，也必將激盪出霞光萬丈呢。

P.S. 此篇首發後，一星期內，和權連作〈夜半鐘聲到客船〉、〈夕陽斜照〉、〈寫〉、〈與爾同銷萬古愁〉、〈光陰〉、〈彩蝶〉、〈野渡無人舟自橫〉、〈念天地之悠悠〉、〈落花猶似墜樓人〉、〈仰望銅像〉、〈獨弦琴〉、〈一枝紅豔露凝香〉、〈烈酒歌〉等十三首，分別引用張繼（約715-約779）〈楓橋夜泊〉、杜甫〈古柏行〉、杜荀鶴（846-904）〈苦吟〉、李白（701-762）〈將進酒〉、岑參（715-770）〈走馬川行奉送封大夫出師西征〉、杜甫〈望嶽〉、韋應物（737-791）〈滁州西澗〉、陳子昂（661-702）〈登幽州臺歌〉、杜牧（803-852）〈金谷園〉、李商隱（約813-約858）〈瑤池〉、〈錦瑟〉、李白〈清平調〉、〈金陵酒肆留別〉等詩句，真的有構成「唐詩系列」之勢。

遠近亂視
──「誤讀」和權〈眼鏡老了〉

余境熹

　　和權（陳和權，1944- ）在2016年4月17日貼出多年前架著眼鏡，與向明（董平，1928- ）、洛夫（莫洛夫，1928- ）等詩家的合照，並於留言欄裡寫下「眼鏡老了，人心不老」的話。剛出版詩集的詩人項美靜隨後回覆：「眼鏡老了，簡單，換新的；眼睛老了～就～花嘍～」，和權則又富於哲理地應道：「眼睛不老，即使在黑暗中，甚麼都看得見，看見清。」到4月23日，大概是本於上述網絡對答，和權寫下了〈眼鏡老了〉一詩：

　　　　眼鏡老了　眼睛
　　　　卻愈來愈年輕　敏銳
　　　　即使在黑暗中　也看得
　　　　一清二楚

　　有了前述背景，讀者諸君當可自行理清脈絡、「正讀」和權之詩；不過我的散光（又稱「亂視」）較為嚴重，讀詩如脫下眼鏡做視力檢查，凝看四行佳作，只覺訊息交錯變化，在那皮膚白皙輪廓分明挺拔高挑的視光師跟前，恐怕就又要「誤讀」出許多風馬牛來。

【遠視】

　　和權在詩的標題下，原來另附一行小字：「天階夜色涼如水，坐看牽牛織女星」，並標明語出唐人杜牧（803-852）手筆。剽悍的我不用翻查，就知道兩句取自杜牧名篇〈秋夕〉，而和權所引兩

句之前，應該還有：「銀燭秋光冷畫屏，輕羅小扇撲流螢」，寫的是燭火如銀，照得畫屏生冷，唯少女仍熱情地握著一把輕綾羅製成的小小扇子，追撲螢火飛蟲，很kawaii。噢！那麼，按照杜牧詩歌的「提示」，和權寫眼鏡老了，年紀大了，但「眼睛／卻愈來愈年輕　敏銳」，是否在說人老心不老，若果街上有美女，不管天「黑」風雲「暗」，男人依舊能敏銳地感應個「一清二楚」呢？目迎、目送、跟蹤、纏綿，煥發的是一種不息的生命驅力。或者簡單點說：性。

「咳，」視光師揮揮手、嘆嘆氣、搖搖頭，大概是我讀錯了。

唔，這樣啊，和權詩的主人公眼神銳利，覷破紅塵紛擾，穿越擁擠人潮，「即使在黑暗中　也看得／一清二楚」，能夠在昏暗的燈火闌珊之處，尋著千百度相思的伊人，證明眼睛「愈來愈年輕」……啊！和權〈眼鏡老了〉隱寫的，難不成就是辛棄疾（1140-1207）的〈青玉案·元夕〉：「東風夜放花千樹，更吹落，星如雨。寶馬雕車香滿路。鳳簫聲動，玉壺光轉，一夜魚龍舞。蛾兒雪柳黃金縷，笑語盈盈暗香去。眾裡尋他千百度，驀然回首，那人卻在，燈火闌珊處。」固然那也是在街上盯著女生看，但卻蘊含辛棄疾式愛國忘身力仁盡義思慕君子渴盼知音的比喻，表露出渴盼知音思慕君子力仁盡義愛國忘身的高度理想，並非寫「性」而已。

欸，視光師先生，我說，「誤讀」以辛氏「元夕」對杜牧「秋夕」，恰似一副眼鏡的左鏡與右鏡，併起來落落大方，翻「陳」出新，既「和」諧，又有「權」威，不是嗎？他還是搖搖頭。

題外話，《詩經·秦風·蒹葭》的男生是個〈眼鏡老了〉的反例，或者說是和權反諷的對象──我猜那男子「眼鏡未老」，相當年輕，但他眼睛卻不很「敏銳」，一時見伊人在水一方，一時見伊人在水中央，一時見伊人在水之湄，一時見伊人在水中坻，一時見伊人在水之涘，一時見伊人在水之沚，「一不清二不楚」，而且那

時還不是「黑暗」籠罩的深夜，僅僅是朝露漸乾的清晨呢！他、更、加、需、要、做、眼、科、檢、查！

【近視】

　　和權〈眼鏡老了〉有沒有甚麼切身的現實關懷？剛才我說和權詩有「渴盼知音思慕君子力仁盡義愛國忘身的高度理想」，他關注的當然不是湮遠沉埋的南宋王朝，而是今日雙腳所踏的千島之國──大選在即，2016年5月，菲律賓人民將投票選出國家領導及民意代表。

　　〈眼鏡老了〉的「黑暗」，其實專指菲國政壇的腐敗，參考和權數年前寫的〈政壇〉一詩：「霧霾／籠罩了／大小城市／／唉！／範圍廣／時間長／濃度高／／何時啊何時／真能去除／重污染」，便是寫政界人物的陋行遮蔽天日，令人民猶如置身暗黑濃重的毒霧之中，備受傷害與煎熬。問題是，人民不一定把在位者的卑劣骯髒「看得」夠「一清二楚」，反而十分容易地，就被政客的小恩小惠所收買，不智地支持那些剝削自己的人，如和權〈大選〉所示：「用米　用罐頭　用紙鈔／換了選民手上的票」。因此，和權〈眼鏡老了〉事實上是首「呼籲」之作：選民啊，即使伴隨「眼鏡」的「老」而變老，「眼睛」也要「愈來愈年輕　敏銳」，在「黑暗中」，更加要「看得／一清二楚」，在投票時作出適當正確的選擇──用和權〈大選〉的話來講，就是「不讓貪污贏　不讓腐敗／贏」。哈哈，還記得和權起先貼出的，乃是與詩人向明的合照麼？眼睛，在選賢與能時，確實更加需要「向晚愈明」。

　　噢，視光師嘆氣了，不知是否亦感同身受？他明明那麼年輕……

　　作為補充，和權〈眼鏡老了〉呼應的，乃係顧城（1956-93）名詩〈一代人〉：「黑夜給了我黑色的眼睛／我卻用它尋找光明」；與臺灣歌手蕭煌奇（1976- ）〈你是我的眼〉的部分歌詞也

可以相和：「如果我能看得見　就能輕易的分辨白天黑夜」、「如果我能看得見　生命也許完全不同」──對啊！完全不同的生命！菲律賓人民，改變的時刻到了！

又來題外話，南人（于希，1972-　）〈牧羊人〉寫的是在位者的狼戾，實可與和權〈眼鏡老了〉合讀：「我是一匹牽著羊群的狼／它們的祖輩早已被我吃光／因為這一個錯誤／我不得不將這群可憐的羊兒撫養／青青的草原上我老眼昏花／握緊趕羊的鞭兒／走進那一片夕陽」。「狼」領羊群，把羊的世代先輩都剝削盡了，現在又假裝好心，「撫養」小羊，實際上還是「握緊」著「鞭兒」，貪求著羊肉──「眼睛／愈來愈年輕　敏銳」的人啊，就用選票，把「老眼昏花」的「狼」送入「夕陽」吧！

視光師又再搖搖頭，我真的不知他要我說甚麼了。

只他那無形的湛藍眼波掃向了我：「我是說啊，你有看見我嗎？」

到底是「誤讀」
──和權詩七首分析

余境熹

　　詩人和權（陳和權，1944-）生於菲律賓，其著作甚豐，包括《橘子的話》、《落日藥丸》、《我忍不住大笑》、《隱約的鳥聲》、《回音是詩》、《眼中的燈》、《震落月色》、《霞光萬丈》及《千丈悲憫》等集，詩作除收入臺灣《年度詩選》、《小詩選讀》、《情趣小詩選》、《小詩‧隨身帖》、《新詩三百首》與部分輔助教材之外，亦見錄於羅馬尼亞與南斯拉夫版的《中國當代詩選》。2012年，和權榮膺菲律賓詩聖描轆杳斯文學獎，即該國之最高文學獎、終身成就獎，其創作精華，可謂深獲海內外的喜愛與肯定。

　　和權詩多屬短製，即使偶爾寫到十行以上，每行字數亦不多。然而，在非常有限的篇幅裡，和權的詩藝並沒有受到拘束約制，反是總能夠風姿各異地展現不同色彩，持續刷新讀者的閱讀感受。在這裡，不妨以和權2016年3月22日一併在《世界日報》刊出的七首詩作為例說明。

　　順刊登次序，第一首是〈亂世〉：

　　　夜
　　　聽見了
　　　暈燈
　　　也聽見了
　　　微醺的詩人發出
　　　笑聲

卻聽不見
懷抱憂愁的
筆
在稿紙上
涕淚
縱橫[1]

　　首節的「暈燈」、「微醺」散發著柔和寫意的感覺，還配以詩人慵懶的「笑聲」，斗室之內，似乎並無可愁可慮之事。第二節「卻」字筆鋒一轉，原來詩人放目世間，「懷抱憂愁」，歷年以來，詩筆已在稿紙上灑下了不少憂國憂民的眼淚，甚至達到「涕淚／縱橫」的地步，悲不自勝。

　　這兩節詩，一極安然，一極慘然，其運用對比，自不待言。唯讀畢第二節後回看首段，更得想深一層：詩人仍能「發出／笑聲」，是不是藉著「微醺」，藉著酒意，才能稍稍麻痺時時「憂愁」的心靈呢？如此看來，詩人的笑裡，應該是飽含著多少苦楚無奈啊？

　　另外，世人只「聽見」詩人的「笑聲」，就認為從生活上說，詩人過得還挺好的，鮮少願意仔細傾聽疊疊「稿紙」上的「涕」和「淚」，那真是辜負了「暈燈」下仍揮筆不輟的詩人，致令作品寂寞，又為詩家的「涕淚」加上「涕淚」，使之更「縱橫」，也使知音難覓的詩人更只能自「微醺」之中尋求解脫。「夜」，於是更

---

[1]　「誤讀」版本：「詩人」沉迷酒色，在「夜」裡與剛認識的對象嬉「笑」逗弄，把「筆」擱在「稿紙」上。「筆」雖「懷抱憂愁」，卻無法宣洩，只得繼續「懷抱」；由於大意的「詩人」沒有蓋好筆嘴，筆嘴漏墨，猶如「在稿紙上／涕淚／縱橫」，兼為重色而忘形的「詩人」一哭。

深；「亂世」，於是更得不到拯救。

和權〈亂世〉之妙，在於當中每行詩的理解都有著多個層次，前後文彼此緊密聯繫，互為補充，能層層催發讀者的聯想和詮釋。詩作用字經濟，也用得細膩，深摯的感情在兩節詩的往復之間濃得化不開，可謂深得「稠」之妙。

第二首為〈藏〉：

　　藏情
　　藏愛
　　藏悲憫
　　藏不平
　　藏高山
　　藏大海
　　藏世界
　　藏宇宙

　　悄悄跟你說
　　這枝筆
　　藏的
　　不只這些[2]

　　詩中之「情」，是親情、友情、離情、閒情、常情、畸情……

---

[2] 「誤讀」版本：（A）腦筋急轉彎，答案是「筆芯」；（B）若把「筆」視為陽具的象徵，依精神分析學說，性力確也是「情」、「愛」，以及包括征服「高山」、「大海」、塑造「世界」、探索「宇宙」等等文明發展的基礎。它將帶俱人類走得更遠，但對不善昇華性慾的人來說，「筆」，可能只是「藏」污納垢，或「藏」珠子。

詩中之「愛」，有家國之愛、夫妻之愛、鄰舍之愛、無私之愛⋯⋯
現實主義地，詩可以關懷大眾，表達「悲憫」，打抱「不平」；浪
漫主義地，詩可以征服自然，凌越「高山」，騰躍「大海」。詩中
事物，無所不包，整個「世界」、整個「宇宙」，它都涵蓋得了。

　　不但涵蓋得了，孜孜不息於筆耕的和權，更已用一支生花妙
筆，在多如牛毛的作品中「藏」盡上述一切。然而，這位題材豐富
的多產詩人，卻竟然「悄悄跟你說／這枝筆／藏的／不只這些」。
詩到這裡便戛然而止，和權設計出開放式的結尾，像一道謎題，
交由讀者自行思考：詩人的筆端，究竟還能表現哪些「情」、
「愛」、「悲憫」等等以外的東西呢？由於原作把答案懸置，留有
縫隙，〈藏〉的「無盡藏」應頗能引起主動讀者的進一步思索——
如果讀者真想出意料之外、情理之內的答案，據以書寫，更可能譜
出異常新穎的詩歌。〈藏〉，正為吸引勇於開發的人。

　　說到空白，〈藏〉第二節的「你」也存著「語義空白」，可
以指涉不同人物。如果是妻子，則所藏的東西或會是情人間的小
祕密；如果是讀者，則所藏者可能是千百人幽微的心事。隨著對
「你」的理解不同，〈藏〉實際上催生著各種迥異的想像，且無窮
無盡。以不說喚醒眾聲，和權的〈藏〉，真可謂深得「空」之妙。

　　第三首是〈播種〉：

　　　土地上
　　　什麼都可以播
　　　種

　　　只是
　　　別在七情六慾上
　　　任意

種下病根
如果你
不要痛苦
不要不治之
症³

「別在七情六慾上／任意／種下病根」──〈播種〉此詩有著顯著的勸世意味。《禮記・禮運》以喜、怒、哀、懼、愛、惡、欲為七情，謂聖人需「治人七情」；佛教的說法與之基本相同，而另以色慾、形貌慾、威儀姿態慾、言語聲音慾、細滑慾、人相慾為六慾，統指各種男女情慾，務須捨離。和權的意思與儒、佛接近，特點在使用跟人親近的「土地」、「播種」、「根」為相連貫的一組意象，共同呈現畫面，能夠保持訊息的踏實、鮮活，使關心世道的宏大理念、沉重本質有了貼身感、輕盈感，舉重若輕。

基督宗教《聖經》（Holy Bible）所收的〈哥林多前書〉（"First Epistle to the Corinthians"）曾寫道：「凡事都可行，但不都有益處；凡事都可行，但不都造就人」，與和權寫的「什麼都可以／種」頗為類似；〈加拉太書〉（"Epistle to the Galatians"）則說過：「順著情慾撒種的，必從情慾收敗壞；順著聖靈撒種的，必從聖靈收永生」，而和權寫的「種下病根」、「痛苦」、「不治之症」等，又與之深相冥合。唯略一比較，〈哥林多前書〉、〈加拉太書〉所引句皆成偶而出，氣勢澎湃，和權則固意以短行分割語句，增加停頓，放緩語速，減少了勸說的緊張感和迫切情緒，與基督宗教經文表現

3　「誤讀」版本：「土地」孕育萬物，是女性象徵，而「播種」則指男性在女體注入精液。如果「任意」「播種」，不做好安全措施，自然容易「種下病根」、「痛苦」纏身，甚至染上「不治之／症」。為廣大男性同胞生理健康著想，詩人呼籲控制「七情六慾」。

出不同的風格。〈播種〉一詩，實可體現和權詩的「輕」之妙。

第四首〈微笑〉：

> 妻問：
> 什麼是
> 有價值的人？
>
> 眨著眼
> 我說：
> 千年後
> 當有人提起的時候
> 嘴角
> 掛著溫暖的
> 微笑[4]

　　以對答形式，先寫妻子發問「什麼是／有價值的人」，再由「我」嘗試回應。如果答案只是「千年後」仍然「有人提起」，那麼「有價值的人」雖也可能是百世流芳者，但亦可能是遺臭萬年人，如侯景（503-552）、秦檜（1091-1155）、范文虎（?-1302）等等，至今仍被唾罵。

　　如果答案指「有價值的人」是「千年後」仍然「有人」帶著笑意「提起」的人物，這笑的意義也不夠確切。古代揚名立萬的陰謀家，

---

[4]　「誤讀」版本：（A）說謊的時候，大腦活動，而大腦活動，人必先眨眼。詩中的「我」「眨著眼」，原因是正對「妻子」撒謊，羞於承認對妻子的愛。誰才是「有價值的人」？何須「千年」，眼前人便令你「嘴角／掛著溫暖的／微笑」了！任何成功都不能彌補家庭的失敗——「有價值的」，是愛人、家人。（B）夫妻二人一同研究歷史，妻子問：身價最高的名妓都是甚麼人？丈夫答：就是流傳後世，讓人提起都還彷彿置身溫柔暖鄉的那些吧！

曾使得屍交於衢，流血溝瀆，生靈塗炭，唯今日在商戰、兵戰中加以效法者，提起他們時，恐怕也常藏不住由衷敬佩的陰險笑容。

　　和權的〈微笑〉則加上「溫暖的」三字，說「有價值的人」在「千年後」獲人「提起」時，提起的人「嘴角」上也會「掛著溫暖的／微笑」，準確表達出「有價值的人」能為人間帶來暖意，其生前貢獻能讓後世蒙得祝福。由此可見，和權讚賞的並非立功者以一己之快而洋洋得意的自私，亦非桓溫（312-373）式「既不能流芳後世，亦不足復遺臭萬歲邪」的畸想。「溫暖的」三字，在「眨著眼」靈光一閃的詩人筆下，在在顯出和權小詩的「準」之妙。

　　第五首佳作是〈不忍落花迷途〉：

　　　　不忍落花迷途
　　　　我輕輕
　　　　撿了起來
　　　　放入
　　　　詩中
　　　　連春天
　　　　也一併放入詩中

　　　　讀詩的人啊
　　　　你心裡
　　　　是否充滿了
　　　　姹紫
　　　　嫣紅[5]

5　「誤讀」版本：（A）「落花」可指遭拋棄的女性，被新的愛人乘虛而入「撿了起來」，開啟另一「春天」；可指被遺棄的女嬰，獲善心人「撿了起來」領養，齷齪人生終於逢「春」；可指淪落風塵的女子，被「撿了起來」，帶到賓館，借

　　由於「我」不忍心「落花」迷失路途，於是溫柔地將花撿起，捧在手中，並藉詩的書寫讓花的春意復活。當人們讀到「連春天／也一併放入」其中的詩句時，作者設想：讀詩人如善曉花意，他們的心裡，應該也會「充滿了／姹紫／嫣紅」吧。

　　這首作品意象濃艷，「落花」、「春天」、「姹紫」、「嫣紅」，全都匯入洋溢著生命氣息的「詩」中，已叫人目不暇給。特別是「姹紫嫣紅」，容易令人聯想到《牡丹亭》的名段：「原來姹紫嫣紅開遍，似這般都付與斷井頹垣。良辰美景奈何天，賞心樂事誰家院。朝飛暮倦，雲霞翠軒；雨絲風片，煙波畫船。錦屏人忒看的這韶光賤。」藉由「互文」，〈不忍落花迷途〉可謂在讀者的心田中盛綻繁花，鋪設了一場美不勝收的意象饗宴。

　　更應注意的是，〈不忍落花迷途〉並非僅僅在文詞上與《牡丹亭》相合，二作起碼還有兩種精彩的聯繫：（Ａ）《牡丹亭》寫「情不知所起，一往而深，生者可以死，死可以生。生而不可與死，死而不可復生者，皆非情之至也」，而〈不忍落花迷途〉亦寫「我」用至情之詩使落花復甦，那麼由落花復甦想到《牡丹亭》就更呼應緊密、天衣無縫了；（Ｂ）《牡丹亭》寫姹紫嫣紅雖好，奈何深閨中人常常無緣觀賞，任由韶光虛度，殊為可惜，而〈不忍落花迷途〉的「姹紫／嫣紅」一樣有待讀詩人與之同鳴共感，否則觀

出賣「春」意，使明天的生活費有點著落；可指晚上流連酒吧宿醉在街的女生，被過路的壞人「撿了起來」載到不知道甚麼地方，一夜「春」色無邊。無論是哪種，讀詩人「心裡」都會產生激動情緒，或敬佩，或羈怒，或妒忌，或羨慕，或嫉恨，或歡迎，或慨嘆，或興奮，或欲抨擊遏止，或欲起而效法，「姹紫／嫣紅」，心頭百花齊放，百家爭鳴。（Ｂ）「落花」用的是石崇（249-300）寵妾綠珠（?-300）墜樓的典故。繼杜牧（803-852）〈金谷園〉寫「落花猶似墜樓人」後，和權亦「不忍落花迷途」，於是把香魂「輕輕／撿了起來」，寫進詩中，喚起讀者對古代美人「姹紫／嫣紅」的想像。

者缺乏靈敏的心，以致自外於詩文，則「良辰美景」、「賞心樂事」一樣會被糟蹋──這方是和權最大的「不忍」。

　　和權的這首短詩用字不多，卻包羅萬有，從文本內的意象如「落花」、「春天」，到「互文」的《牡丹亭》名段，都共同支持詩的主題。〈不忍落花迷途〉，實實在在展示和權詩的「繁」之妙。

　　接下來，刊登順序的第六首是〈別笑〉：

　　風
　　勸告風鈴

　　別笑
　　那棵矮樹
　　又折腰
　　又說阿諛話
　　只是
　　為了向老天爹
　　討點雨水[6]

　　這是一首極富聲、畫效果的傑作。聲方面：（A）從「風鈴」的響動，和權想到的是串串笑聲，正冷冷取笑著矮樹的卑躬屈膝；（B）「風」曾拂過矮樹，了解矮樹身不由己的狀況，於是代為澄清，詩裡因此揚起堅定的風鳴；（C）「矮樹」搖曳的聲音彷彿頻頻說出「阿諛話」，然其心中想的是乞「討」，言不由衷，恭維的

---

[6] 「誤讀」版本：解鈴還須繫鈴人，想「風鈴」不響，則請「風」不要動。「風」最先引「風鈴」取笑「矮樹」，最後又扮作好人，出來勸解，以顯自己高尚偉大。現實社會中，不是也有很多這樣笑裡藏刀的人嗎？和權此詩，其實是著力批判「風」、批判說一套做一套之人。

語調裡也夾著苦澀。至此,短短兩節詩已有三種和鳴,合奏成調,但和權還加上靜默無聲的「老天爹」,構成有聲無聲的對比,聲音效果更顯著,更富於變化。

畫方面:(Ａ)中景是「風鈴」抖動;(Ｂ)近景特寫為「折腰」討求的「矮樹」曲著身子;(Ｃ)遠景是畫面上幅的悠悠蒼天。三者結合,畫面已頗豐富。而「矮樹／又折腰／又說阿諛話」的形容,在現實生活中似乎也容易找到對照的圖景,便於讀者想像──正是在對這一畫面的體驗中,和權帶領讀者反思:社會中被斥「阿諛逢迎」的人,是否也有其難堪的處境,值得更多同情的諒解?

回過頭來,若果把〈別笑〉的詩文還原為簡單陳述,大概就只是:風吹過,風鈴響,矮樹彎彎,天不下雨,讀來味同嚼蠟之餘,也無法聯繫到現實中人的情境。所以,結合自然與生活畫面,明朗地喚起讀者的視聽記憶,乃是〈別笑〉一詩的出彩之處。和權化平淡為豐贍,善於捕捉細節,形構畫面,確使人嘆服其詩寫的「顯」之妙。

最後是〈璀璨的笑〉:

> 詩是
> 舒放的花朵
>
> 舒放的花朵
> 是璀璨的
> 笑
>
> 璀璨的笑
> 是滿心

> 對世界的
>
> 感動[7]

　　此作特點在畫面快速變換，由「詩」而「舒放的花朵」，由「舒放的花朵」而「璀璨的／笑」，由「璀璨的笑」而「滿心／對世界的／感動」，蟬聯而下，頂針相續，富節奏感地步步前移，正配合詩中「詩花怒放」、「心花怒放」的輕快情調，有著一種「快」之妙。和權同時刊發的短詩七首，分別擁有「輕」、「快」、「準」、「顯」、「繁」、「稠」、「空」的特點，亮點不同，異彩紛呈。

　　「空」（以〈藏〉為代表）或許是漢語詩人的特別法門，而「輕」、「快」、「準」、「顯」、「繁」、「稠」（各以〈播種〉、〈璀璨的笑〉、〈微笑〉、〈別笑〉、〈不忍落花迷途〉、〈亂世〉為代表），如所周知，乃伊塔羅・卡爾維諾（Italo Calvino, 1923-1985）《給下一輪太平盛世的備忘錄》（Six Memos for the Next Millennium）所收六篇演講的臺灣中譯本標題。卡爾維諾對「輕」、「快」、「準」、「顯」、「繁」、「稠」的解釋與本文不同，此番借用，肯定也是對其觀念的「誤讀」。

　　到「底」是「誤讀」──除了在結尾揭出「誤讀」卡爾維諾以證明和權之詩具有百態千姿的觀點外，在上引每首詩後，筆者均以底下注腳的形式，給原作提供另一種解讀可能，可以參看，見證詩意詮釋的無限空間。

---

[7]　「誤讀」版本：有性意味，就當是甄志丙姦污小龍女罷。「舒放的花朵」指張開的女性性器，引來侵犯者「璀璨的／笑」。詩寫得節奏短促，象徵強暴犯也因興奮過頭早洩。「寧在花下死，做鬼也風流」，高潮一刻，強暴者心想：縱是死了，也算值得，「滿心」是「對世界的／感動」，覺得自己把人生活成一首「詩」了。

《千丈悲憫》的成熟

林鼎安

　　這「成熟」並非指和權先生作品創作的成熟。和權是位資深詩人，他的詩已達到爐火純青的高度，多次榮獲海內外詩歌大獎，榮獲菲國最高文學獎、終身成就獎——菲律賓詩聖抽轆杳斯文學獎，並收入「中國當代詩選」、「年度詩選」、「新詩三百首」等。顯而易見，「成熟」、極成熟是毫無疑義的。

　　筆者指的成熟，是有如他的詩作「成熟」豐富的內涵——

　　　　成熟了
　　　　椰子
　　　　從容地
　　　　墜下
　　　　聲稱要獻出自己
　　　　凡是成熟的
　　　　都這樣

　　和權是位多產詩人，已出版近十部的詩集。收到他從小剛文友轉來的「千丈悲憫」，剛好是在二〇一六年聖誕之前。利用假日的空閒，我一口氣把它讀完。

　　我愛和權的詩，因為它「好讀」。記得多年前筆者拜讀他的詩集「震落月色」時就寫下了讀後感，他的詩有如田間的「鼓點」，詩短句簡卻字字句句敲打震撼人心。

　　和權短小精悍的詩，很適合被當今社會攪得團團轉、偶而能有喘息機會的讀者靜下心來一讀。

　　讀罷，如春風一拂，如「鐵觀音」一杯，濯洗心靈。

　　和權的「成熟」，他的「悲天下」，他一貫的悲憫之心持續不斷，已盡了一個詩人的社會責任和擔當。「千丈悲憫」一書，便是他「從容地墜下──獻出自己」。

　　這是詩人的又一奉獻。

　　和權的成熟，就像一位老者，歷經滄桑，筆者十分喜愛他寫的一組有關「暮色」，老年的詩作。他說「年華老去，卻笑稱擁有一大把歲月」；他雖然悲憫「光陰流走，卻帶不走人間的苦難」，慨嘆「歲末，船載走了一段美好的時光」，但「妻問什麼是慈悲」時，卻十分樂觀地指出慈悲是「流水唱著快樂的歌，星星閃爍著快樂的光芒，受苦的人露出快樂的笑容。」

　　即使是轉換角度寫「暮色」、寫貪官，詩人都要嘲諷──「暮色蒼蒼，是否，也想永遠佔劇天空？」

　　和權大量的詩，洋溢著「先天下之憂而憂」，千丈悲憫，但他不失落不悲觀，總給人快樂向上的力量。他常用借喻、問答抒發感情：問海，落日怎麼不見？海說，「它在施捨者的心中，綻放光芒。」

　　也許筆者年事已高，又有親身體會，便把他的「退休」一詩，抄在案頭的筆記本，時時玩味──

　　笑得很開心

　　妻　問道：

　　什麼是退休？

　　用讀書的時間

　　去照顧

　　小孫子

　　用寫詩的手
　　牽著他
　　快快樂樂地上學

　　筆者也該用寫專欄的手，去牽著小孫子了吧？
　　和權的詩就是這樣，誠如臺灣著名詩人瘂弦評價的，是「華文詩壇一絕」，這「一絕」，「不能只欣賞其技巧，更要領悟作者灌注於詩中的真情實感！」（李怡樂語）
　　和權的成熟，高明之處令人嘆服。

二○一七年元旦於菲島

目次

第一輯　與爾同消萬古愁

第二輯　陪時間跳舞

第三輯　忘情小築

輯一 與爾同消萬古愁

倚窗

　　　　　　　——但見淚痕濕，不知心恨誰。（李白）

夜空　滿是閃爍的淚珠
是恨命運多舛　是怨戰火
不斷　抑是憐憫人世的
悲苦

夕陽無限好

思念　直上風霄的風箏
斷了線　也要飛往西方
布滿雲霞的天際　飛往
母親的家

失題四行

　　　　　　　——客去波平檻，蟬休露滿枝。（李商隱）

世界　碩大的沙漏器
才眨眼　就漏掉了一生
惟漏不掉情與愛　無盡的
靜

思念

　　　　　　　　——清瑟怨遙夜，繞絃風雨哀。（韋莊）

母愛　靜臥在墓園裡
如同躺在詩中　讓日月
長年照亮溫馨　慈祥

墓園

　　　　　　　　　　——人生有情淚沾臆。（杜甫）

明明聽見　斜陽
跪倒在石碑前哭泣
晚風卻說　那是墓中人
呼喚著你的名字　一遍遍

故人已乘黃鶴去

夜裡　清楚聽見擰不緊的
水龍頭　一滴一滴　滴著
令人心緒不寧的思念

十年磨一劍

——淒涼寶劍篇，羈泊欲窮年。（李商隱）

磨了半世紀　這枝筆
仍是不夠鋒利　連人間的
不公不義　也刺殺不了
況乎貪腐這隻惡蛟龍

流淚的詩

——心斷新豐酒，銷愁鬥幾千。（李商隱）

千年後　讀者或會發現
詩中每隻字　都在流淚
再仔細一看　又驚見它們
放開喉嚨　哈哈大笑

秋季

——欲輕腸斷聲，心緒亂已久。（杜甫）

心　簷角老掛著雨
雨聲淒淒　他們卻說

從來沒有見過　你的
淚

輪迴

　　　　　　——死別已吞聲，生別常惻惻。（杜甫）

走出妳的視線　去到時間的
拐彎處　今生　卻仍然
走不出　唐朝倚窗女子的
心頭

花落知多少

昨晚
下了一陣雨

是點點紅花
落在詩中
抑是詩中　開滿了
馨香的思念

清洗人間

——隨風潛入夜，潤物細無聲。（杜甫）

悲憫的灰雲　化作小雨
飄落人間　卻發覺
亟需清洗的　不是戰場
而是廣袤的大地

誓言

——原野何蕭條，白日忽西匿。（曹植）

都說要像兩棵　長相廝守的
樹　卻在一夕之間　化成了
輕佻的落葉　隨風而去

無茶

——波瀾誓不起，妾心古井水。（孟郊）

那一次邂逅　終於成為
好茶的喉韻　讓味蕾深深
懷念　唉除此之外　天下
無茶

有感

——休問梁園舊賓客，茂陵秋雨病相如。（李商隱）

荷花池塘邊　凝視著
水中的蝌蚪　驚覺　偉大
竟是如此卑微　渺小

咳嗽

——支離東北風塵際，漂泊西南天地間。（杜甫）

吃梨補肺　醫師說
無如　就是恨梨　討厭梨
人生之梨　還吃得不夠嗎？

牢騷人語

——露重飛難進，風多響易沉。（駱賓王）

聽過蟬鳴嗎？　她問
你笑了　無時無刻不在聽
肺葉上的蟬鳴：淒淒淒淒——

躺椅上的詩思

——岐王宅裡尋常見，崔九堂前幾度聞。（杜甫）

這張躺椅　疲憊坐過　歡樂
坐過　哀傷坐過　憐憫常常
來坐　爾今　躺椅舊了
詩思　仍然很新

老詩人

——自顧無長策，空知返舊林。（王維）

又是不平　又是正義
在紙上疾呼了一生
上臺領獎時　那張臉　居然
也紅了一下

岷江水

——憶君心似西江水，日夜東流無歇時。（魚玄機）

遙指著　滔滔的岷江水
你說　它奔向天涯

流水啊流水　再長
也長不過　心頭的憂思

靜坐

——幽林歸獨臥，滯慮洗孤清。（張九齡）

湖面　平平靜靜
微風中　輕飄飄
落下一片枯黃
憂思　便自湖心漾開來

詩之花

——晚風吹行舟，花路入溪口。（綦毋潛）

化石的荷花　猶如
一首詩　啊人性多美
時間裡的花就多美

利爪

> ──鳥去鳥來山色裡，人歌人哭水聲中。（杜牧）

銳利的眼睛　搜尋著獵物
飛翔的蒼鷹　是你的縮影
那麼殘暴　悲慘的世界

濕衣服

> ──塵世難逢開口笑。（杜牧）

生命　一件濕衣服
用力擰一擰　即刻擰出
歡欣的淚水
傷心的淚水

方寸

> ──楚客莫言山勢險，世人心更險於山！（雍陶）

萬里長風　呼嘯道：
測天　測地　就是測不出
世間的苦難　與人心

淋雨歌

　　　　　　　——積雨空林煙火遲。（王維）

跳進雨中來吧　讓雨水
滌淨你的身心　連同你眼中
無盡的憂思　也一併滌淨
跳吧　跳進詩中來

無怨

　　　　　　——自古逢秋悲寂寥，我言秋日勝春朝。（劉禹錫）

掉盡了葉子　禿樹說
別以為生命　僅止於此
未來　尚有更燦爛的花季

創作

　　　　　　——草色新雨中，松聲晚窗裡。（邱為）

墓前的一盆鮮花是
句號　你卻堅持成為
歌者繞樑的餘音　也不管
有沒有人傾聽

冰

──感時花濺淚，恨別鳥驚心。（杜甫）

看盡了悲歡離合
這顆心　已凝成冰
冰呀冰　流淚不停

雨後

──夜來風雨聲，花落知多少。（孟浩然）

你的詩　也不過是
一些花瓣　昨夜人生的
一場小雨　留下的

問

──行到水窮處，坐看雲起時。（王維）

不知名的花　仰望天空
輕嘆道　白雲無限　綠水
悠悠　人世間的萬物呢？

流年

——朝如青絲暮成雪。（李白）

湖水乾涸了　縱使船隻仍在
也無法渡返　媽媽為我輕哼
催眠曲的童年

沒有憂喜

——萬籟此俱寂，惟聞鐘磬音。（常建）

他們說　窗外這棵大槐樹
沒有憂喜　只是默默地蔭著
一些人　深夜裡　卻聽見
它對風兒傾訴污染的憂慮

光陰之死

——悽悽去親愛，泛泛入煙霧。（韋應物）

是葬在手機裡好呢
抑是埋在憂思
苦惱中？

感悟

——欲持一瓢酒，遠慰風雨夕。（韋應物）

看透了　海浪對礁石說
今後決不再激動　卻每天
在那裡呼嘯　沒有一刻平靜

山居

——清谿深不測，隱處惟孤雲。（常建）

思念　裊裊升起的
炊煙　移往銀河旁邊的
母親　是否看到？

藍天笑笑

——莫嫌舊日雲中守，猶堪一戰立功勳。（王維）

白雲說　你是冷漠的
筆下　僅有三、兩首詩
被熱血　染紅

詩

　　——迴看天際下中流，巖上無心雲相逐。（柳宗元）

被時間的大海
淹沒了一夜　這礁石
一大早　就浮出水面
笑道　海水再多　也無用

紅蘋果

　　——亂我心者，今日之日多煩憂。（李白）

不讓妳的愛　咬上一口
豈非辜負了　鮮蜜的
這顆心

暈黃的燈光

　　——高樓當此夜，歎息未應閒。（李白）

深夜裡　一盞燈兀自亮著
或許　上天會看到人間
微弱的光明　那麼堅持的
愛

春筍

——夜來風雨聲，花落知多少。（孟浩然）

叩了一夜的窗　雨
祇想跟妳說
沒有落紅　哪有
春筍

杯子人生

——葡萄美酒夜光杯，欲飲琵琶馬上催。（王翰）

人生啊　晶瑩的杯子
那半杯子裡　是
汗水和淚水　味道
苦澀

望明月

——明月出天山，蒼茫雲海間。（李白）

唐朝的月也好
宋代的月也好
反正照亮心頭憂鬱的

不會是新月
照亮來日之荒謬
以及人間戰亂的
仍然是這顆
閱盡數千年前殺戮
看到今夜之孤獨寂寞
的
明月

減肥

　　　　　　　　　　——狗齩枯骨頭，虛自舐脣齒！（寒山）

不魚肉百姓　不視小民為
肥羊　不食　貪嗔癡妄等
這世界　也就
變得苗條可人了

人生

　　　　　　　　　　——昔時人已沒，今日水猶寒。（駱賓王）

臨走時　向泳池裡的
影子　椰樹　與落日揮手

說再見　即使不會再見
也要擠出笑容　多瞄一眼

看海

——海枯終見底，人死不知心。（杜荀鶴）

沒有風　卻浪濤捲天
表面平靜　水底卻有暗流
心啊　泡著晚霞千丈的
大海

旅館

——三十年前此院遊，木蘭花發院新修。（王播）

地球這破舊的旅館　豈有
長住的人？你歇息一宵
明天就背起包袱　遠走
他鄉　包袱裡滿是悲欣

生命的哀鳴

　　　　　　——君看六幅南朝事，老木寒雲滿故城。（韋莊）

持誦大悲咒後　耳朵
變得異常靈敏　聽見遊魚的
泣聲　聽見飛鳥的悲鳴
也聽見狗兒的哀嚎　啊生命

黑咖啡

　　　　　　——艱難苦恨繁霜鬢，潦倒新停濁酒杯。（杜甫）

就是喜歡
品嚐這種人生的苦味
苦出情　苦出愛
苦出悲　苦出歡欣

母親的遺像

　　　　　　——慈母手中線，遊子身上衣。（孟郊）

嘴角掛著微笑　一朵花
恆久馨香著　家

馨香著身心　馨香著
無盡的歲月

草地

　　　　　　——去歲曾經此縣城，縣民無口不冤聲。（杜荀鶴）

司法啊　公義啊　一片
廣袤的草地　他們
愛怎麼踐踏　就怎麼
踐踏

致閒雲沾衣

　　　　　　——孤雲將野鶴，豈向人間住。（劉長卿）

詩人啊　請妳走好
也請妳　留下明顯的足跡
月光卻幽幽地說　稿紙上
不都是印跡

註：五月一日凌晨，大陸女詩人閒雲沾衣（畢愛青女士），因腹痛去安陽地區醫院
　　急診，在未查出病因的情況下，予以注射苯海拉明和6542注射液後，女詩人年
　　輕的生命，瞬間斷送。

搖尾巴

　　——二月黃鸝飛上林，春城紫禁曉陰陰。（錢起）

在風中翻飛　葉子說
縱使飛不起來　也不要
像風箏被牽掣　搖擺
諂諛

告白

　　——終南陰嶺秀，積雪浮雲端。（祖詠）

倘若遍地的霜雪　是冬天
呼喚春天的聲音
滿頭的月光　就是生命
對黎明的告白

歷史

　　——王濬樓船下益州，金陵王氣黯然收。（劉禹錫）

歷史
伴在傷口裡

一碰就
痛

讀詩

———繁華事散逐香塵，流水無情草自春。（杜牧）

檯燈　每晚都用心
讀你的詩　一遍又一遍
它就是不懂　怎會聽見詩中
若有似無的哽咽

路

———計拙無衣食，途窮仗友生。（杜甫）

那麼長　路
愈走愈長　愈走愈孤單
寂寞　好在　有路可走
多少人　無路可走啊

美女

　　　　　　　——賤日豈殊眾？貴來方悟稀。（王維）

世界啊
迷人的美女
卻被家暴　全身
是傷

塗鴉

　　　　　　　——誰謂傷心畫不成？畫人心逐世人情。（韋莊）

一大早　工廠的煙囪
塗鴉了
不清潔的天空　猶如
被污染的良心

情

　　　　　　　——晚年惟好靜，萬事不關心。（王維）

飛過了　蒼鷹說
我不在天空留影
心湖的倒影　也不用留

山寺鳴鐘晝已昏

記憶　腦海中的黃昏啊
消失之前　仍用霞光
絢爛
詩千首

怨婦

　　　　　　——當君懷歸日，是妾斷腸時。（李白）

灰雲
在微寒的池塘上
散佈著
濃濃的愁思

沒人辨識
西飛的雁
是挽留不住的心
只聽到枝葉的輕唱
只見到黃昏
迅速地陰暗下來

蛋糕

——野哭幾家聞戰伐。（杜甫）

生來　就是要被人切割
吞吃　蛋糕泣聲道
很想變成　吃人不吐骨頭的
貪官　一口把你吃了

眼鏡老了

——天階夜色涼如水，坐看牽牛織女星。（杜牧）

眼鏡老了　眼睛
卻愈來愈年輕　敏銳
即使在黑暗中　也看得
一清二楚

觸目傷心

——海內風塵諸弟隔，天涯涕淚一身遙。（杜甫）

在戰機上看到　惡
在焦土上看到　醜

在比出的勝利的手勢上
看到眼淚　流不停

南海的落日

——感時花濺淚，恨別鳥驚心。（杜甫）

有點憂傷　豔紅的落日
倍感珍惜　眼前的平靜
祥和　久久不肯
下山

無常

——天上浮雲似白衣，斯須改變如蒼狗。（杜甫）

炊煙
輕聲問浮雲
在看什麼？

看飢餓
看貧窮
看世事變遷

哦！
人家不也在看
咱們

古月

　　　　　　——床前明月光，疑是地上霜。（李白）

妳問：再深的情
也只有一生一世嗎？
詩人笑了　唐朝的月
至今　仍照著我們

劍

　　　　　　——北斗七星高，哥舒夜帶刀。（西鄙人）

身上　永遠帶著一支
鋒利如劍的筆　他們
卻不知道　那是用來
刺殺　寂寞與憂思

星洲探親

——心輕萬事如鴻毛。（李頎）

返國時　海關人員說
行李箱裡　有沒有貴重的
東西？　啊全是笑聲
比瑪瑙珍珠更貴重

思母

——臨行密密縫，意恐遲遲歸！（孟郊）

草葉上　一顆顆晶瑩的
心　全映照著
月亮慈祥的容顏

溫暖的手

——誰言寸草心，報得三春暉？（孟郊）

躺在病床上
母親　含著淚
說：

讓我摸摸
你的臉

爾今
那隻手
仍在夢裡夢外
輕輕地
撫摸
我的臉

烈酒歌

——風吹柳花滿店香，吳姬壓酒勸客嘗。（李白）

時光　滿溢在照片裡
你是疲憊的旅人
端起碗來　一陣牛飲
飲出歡樂
飲出悲苦
飲出哈哈大
笑

一枝紅豔露凝香

夾在詩集中　你是一枚枯葉
渴望來世　仍能用全身的
綠　襯出一朵小花的
紅

落花猶似墜樓人

一場夜雨後　河流
被花朵的墜落聲　驚醒
花落紛紛　轟然著地
心中啊　裝載了春泥夢

念天地之悠悠

百層高樓上　極目四眺
看不到　黑暗盡頭的
曙光　只覺得個人的渺小
有限　奢談什麼悲憫千丈

野渡無人舟自橫

假如　燈光是柔和的
月光　桌面
就是無波的江了
而把筆一橫
也就有了一隻舟

至於　野渡不野渡
悉聽
尊便

彩蝶

——岱宗夫如何？齊魯青未了。（杜甫）

情愛　綿延的青山啊
讓我是一隻翻飛的彩蝶
恆在山裡　撲動著渾身的
斑斕

光陰

——馬毛帶雪汗氣蒸。（岑參）

四蹄翻飛　黃沙瀰天
踏碎了美夢　孤高的襟抱
情愛
完好如初

與爾同銷萬古愁

初戀的喜悅　團聚的歡謔
人間的不平　陰陽兩隔的
苦痛　統統釀成濃郁的
酒　一飲三百杯

寫

——世間何事好，最好莫過詩。（杜荀鶴）

力透紙背　又如何？
天天練字　卻只能
在人生的稿紙上　塗鴉一些
孤高的襟抱

夕陽斜照

　　　　　　——孔明廟前有老柏。（杜甫）

發現門外那棵老樹
葉已落盡　不再做夢
只靜下心來
看世事變遷

一覽眾山小

站在峰頂　一棵樹說
我超越了眾山的高度
一朵灰雲　卻期待
化為小雨　流向低處

天上・人間

一陣抖動
飛機潛入雲中
這是我來自的
地方嗎？

然而
我的心卻在下面
那蠻荒的世界

是以飛機
越出雲外
我竟欣喜於
暮色蒼茫中
逐漸降落苦難的
人間

輯二 陪時間跳舞

咳了一夜

就是咳不出憂思　也好

懷念

童年斷了線的風箏　今晚
又出現於夢中。原來　父親
的愛　一直飛翔於思念的
藍天

釣者

帶著
滿心的歡喜
出海

帶著
一路呼救的
魚
回歸

若眾生是魚
誰是
釣者

笑容燦爛

宣揚愛　宣揚美好的
天堂。他們乘著炮彈來
安撫了眾多受創的心靈

童話

他們說
童話裡的
都是騙人的

依然
每晚跟孩子們
講童話

講著講著
媽媽

祇想把世界
講成
美麗的
童話

巴石河

不再清澈了
裡面　充滿
各式各樣的
淤塞物
卻仍然奮力地
流

詩人啊
你　也能靜靜地
流？

筆問

每一字
都是你的心跳

每一句
都是你的呼吸

筆問
活到天荒地老
那又怎樣？

激動

不理
皎潔的月光
警告

風兒
翻開詩集
被裡面
的
憂思

激動了

速寫落日

消失的瞬間
落日
兀自沉醉於
眾海浪
激情的
歡呼：

萬歲

無悔

看到我　　就等於看到
焰火　　看到光明　　看到
黑夜裡的一點希望。一堆
灰燼　　不後悔燒成這個模樣

枸杞

都說枸杞補眼
因而　　天天吃

以便將來
捐出一對銳利的
眼睛。繼續
看風花　看雪月
看染血的夕陽

就是不信
看不透
人心

黑暗中

笑古笑今
笑千島之國
也笑
全世界

一道閃電　張開的
嘴巴
一陣雷鳴　憤慨地哈哈
大笑

飛瀑千丈

她說
看不懂你的
詩

有時候
詩　是用聽的
親愛的
請俯耳過來
聽一聽
這心中氣勢磅礡　千丈的
飛瀑

偶感三行

稿紙　這棧房雖小
卻足以容納　千古寂寞
和惆悵

夜深時分

一張紙
幾克重？
寫了一首
思念的
詩，卻變得比山
還重
壓在心頭
能否安
睡？

亂世

遍地楓紅。那是西天染血的
夕陽　觸動了老樹的心事
掉下一滴滴血淚

詩思是風

旗　動了
想對風
說些什麼

俯耳過來
風　聽見一句
怨言：
你呀你
把我
給忘了

曙色

心　尚未向晚
詩境
卻開始
黃昏了

詩境
已是深夜
字裡行間
卻露出

曙
色

詩人

沒有情
沒有愛
也要在燈下
苦苦思索

熄燈後
每隻字　都在
稿紙上
訕笑

網站

十分勤勞。湧動的時間
每天都來收拾海灘上的
足跡　你卻想印得更深更深

老婆寫詩

徹夜不眠
她
竟寫了一首詩
笑問：
好不好？

今天的天氣很好
陽光很好
樹上的鳥聲很好
汽車的
喇叭聲
也很好

辭枝

很慢很慢
落葉
並不急於著地

一再回頭
看
枝椏

老樹卻說
去吧
別忘了你的
春泥夢

火花

凝視著
閃現的火花

有令人感動的
美麗。有令人
深思的智慧。
也有含蓄的表達
技法

凝視著
臉書上
一再閃現的
耀眼
火花

畫廊

欣賞
每一張構圖好
風景怡人的
繪畫　猶如
喜歡天下絕色的
風姿綽約的
美女

只準　喜歡
不許啊不許
愛上

六行

一片雲霧
看不到撞跳的
心

她說
連我也看不清
何況X光機

螢光石

欣喜於夜色中　微微發光
社會愈黑暗　這夥心愈見
明亮。縱然無法照亮宇宙

陪時間跳舞

破壁　殘垣
老舊的房子
是時間踏出的
舞步

簡潔　明朗
多義的小詩
則是你優雅的
舞步

跳吧跳吧
願意陪他跳個
千年
萬年

饑腸

許多人
半夜被轆轆聲
吵醒

他們出手了
向大國
增購軍火
劍指

饑腸

黃昏降旗

降下了
不再飄揚

入晚
心中這一面旗
安安靜靜
不宜於
昇在空中
獵獵作響

你是魚

潛伏在至深的
黑暗的海底
不願隨著慾望
遊上去追逐微光
以致於被釣上岸
痛苦
掙紮

人海中
你願是一條
潛伏於至深之處的
魚

讀書有感

即使隱居於
深山綠林中
歲月　依然
找得到
你的縱影

如果

隱身於字裡
行間呢？

行路難

望著
剛剛學會走路的
小孫子　她說：
行路難啊

唉唉
不在山不在水
在於
人情反覆間

穿制服者

　　　　　——報載多達一萬一千警察涉毒，
國監總監怒斥毒警比罪犯更壞。有感。

從一襲制服上
看到手銬　警棍
槍和拳頭

也看到車子　房子
和鈔票
就是看不見
社會秩序
以及正義
猶如看不見
黑雲背後
的

圓月

大海的膚色

從機上俯瞰
驚見　大海
一半黑
一半藍

唉！
太平洋　是否也有
歧視問題
信仰問題
和不同的利益
問題？

無言

心腸柔軟。霧
每晚探視人間之後
都在草葉上留下珠淚

定位

詩　一根螺絲釘
把千古的寂寞鏇進
宇宙的心中

橋

辭職不幹了。卻仍然像一座
橋　弓著身子　讓日子那麼
沉重的腳步　從背上踏過去

寫詩有感

只不過是
慘白的月光
照亮一顆顆追名
逐利的心

也可能是
柔和的月光
撫慰受創的大地
和心靈

自助餐

吃了
一堆屍體
打個飽嗝後
沉思良久
說了一句
人話：

眾生悲
苦

巨人

一面揮拳
一面橫飛著
口沫

炎陽
卻將他心中長長的陰影
拉在
地面上

雲霞

入晚的天色
以豔紅的雲霞
掩飾她的
灰暗

詩人啊
你也用動人的
篇章
掩飾生命的
空虛？

無語

風鈴
叮叮噹噹地
問：
什麼是無常

倚窗女子
遂憶起昨晚的
雨　悵望著
窗外
滿地狼藉的
花朵

拍攝

大吃一驚
竟拍出一張
奇怪的照片：
有手有腳
卻沒有臉

你有臉嗎？
在異鄉　寄人籬下

你有臉嗎？
中秋節　只能望月
興嘆

鐘聲到客船

夜深　霧重
山後傳來悠悠
的
鐘聲

站在船頭
只想　隨著鐘聲
越過時間的
大山
遨遊於
星外星

心臟病

節曰
聚餐
滿桌佳餚

魚翅。清蒸肥蟹
炸乳鴿。生猛龍蝦
豬筋。紅燒牛肉
炒海螺。白斬雞

突然明白
這顆心怎會微微
痛著

孤鳥咕咕叫

夕陽問：
人世間
當真有和平相處
這一回事？

孤鳥
咕咕叫：
荒野
一座座墳墓
可以明確地回答

果實

做了早課　在心田裡播下
慈悲的種子。步出大門
發現微笑的果實　已掛在
行人的嘴角

光芒萬丈

躺在樹蔭下　笑罵太陽偷懶
不知又躲到哪裡去了。你是
中天的烈日？

揪心

山
一大早
就霧了
草葉上留下
珠淚

它知道
村裡
有多少雛妓窟
有多少外國
的
淫蟲

註：媒體揭秘菲律賓雛妓的悲慘生活。一晚只能掙幾塊錢。

此情此景（之一）

聳立的山　支撐著藍天
奔騰的江河　揚聲大笑
獨對此景　倍感寂寞
淒涼

此情此景（之二）

河流　淤塞
山林　光禿了

皓月　森冷地
照著　空無一人
的

心境

一句話

躺在溫暖的子宮裡
最舒適。一輩子　睡了
好幾張床　才說出這樣的話

吹呀吹

未來啊　一陣粗暴的狂風
即使不知道　將被吹往哪裡
也要一路高歌。落葉這樣說

冥想

筆下　何只
詩千首
正能量
全留給人間

將來
僅用一首
未曾寫出的
詩　包起所有的
苦難
離去

她說

「那麼花心
　真希望你快快
　老去」
　她說

　今天
　卻牽著詩人的手
　說：

多麼希望能夠回到
往昔的時光

籐條

童年　只剩下
媽媽輕聲哼唱的
催眠曲
和籐條

今夜　我要回去
偷偷把籐條
藏起來

聯想力

看見
壓榨機下流出
琥珀色的
汁液
遂想起一些
掌權者　富貴者
想起整個國家

和愁苦著臉
的

小民

一本詩集說

好詩　一根刺
直刺嫉妒者的
心。唉天長地久地
痛

即景七行

落日　不捨地
沒入海中
僅有無盡的黑暗
瞭解它
紅豔豔
的

心事

一張照片

望著　報上
一張發射導彈的
照片

明白了
詩之美　就是因為
沒有
導彈

初戀

思念　翻過
連綿起伏的歲月
渡過波濤洶湧的
記憶。依然找不到
那張　時刻懷念
至今難忘的
清純而甜美的
臉

妳家的詩人

「神經病！」
　妳說

　太陽　怎會醉紅著臉
　月亮　怎會流下
　　　　銀色的眼淚
　星星　又怎會對人間
　　　　閃爍著憐憫

　唉！　豈不知
　妳家的詩人
　已然神經很久了

秤重

「上去秤一秤吧
　看你有多重」
　她說

　哈哈大笑：
　十幾本詩集
　能有
　多重？

有感八行

「我要揭開你的
　真面目」
　有人這樣說

　揭吧
　讓她看一看
　滔滔滾滾的江河
　也讓她看

　晚霞千丈

一場好夢

清晨　發現陽臺上
每一片葉子　都笑中
含淚　難道它們也夢見
我所夢見的

故人啊故人
被歲月綁架的故人
都回來了

秋景

黃葉　一面飄墜
一面回頭　對枝椏說
感恩

時間的蹤影

送來了爛漫春花
時間
就躲起來
小青蛙問：
它躲在那裡

蜻蜓笑了
就躲在
流水的潺潺聲中
躲在暮色中
也躲在山下
教堂悠揚的
鐘聲中

畫夢

童年　一張塗鴉的紙
畫滿了不同顏色的國旗
至今大都沒有去過　昨晚
又畫了一間林中亮著燈的
安靜的小屋　我也沒去過
裡面那長髮　皺著眉頭
等人的　美麗的女子
我見過　我見過

貝殼

於黃昏的海邊
拾起一枚
湧上沙灘的
美麗的貝殼
輕輕撫摸：

願你永在　時光的
波濤之外　不再沉浸於
苦海　也不再
浮沉於無盡的
悲歡

鏡花

清晨
看到她站在窗前
對著陽臺上
一朵美麗的
小紅花　梳髮

看清楚了
原來　鏡裡鏡外
都是
玫瑰

橫笛

從故國返菲
老同學　送我
一支橫笛
不會吹
僅輕輕地撫摸
竟然摸
出

幾聲嗚咽

小花

渴望光明
追求光明

卻不知道
單單　樹上
一朵紅豔豔的
小花　就足以照亮
你整個的
內心
世界

探照燈

海邊的探照燈
又在黑暗中
搜尋

企圖　照明什麼？

除了戰火外
誰也照不見
真理啊

時光之海

從不嫌棄
船兒的破損　殘舊

心啊　這碼頭
永遠　默默
癡癡地
等著你

凍結時間

將鬧鐘
丟進冰箱裡
讓時間
冷凍起來

如是　可以
永遠看到
妳　幸福的
燦亮的
笑

有感九行

路　站起來
大踏步離去

放眼望去
全是　高聳的
大樓
和夕照中
馬車奔馳過柏油路
的
記憶

生態

生態　一本紙簿
有人用煙囪　塗鴉
有人用霧霾　塗鴉
也有人用砲火　塗鴉
爾今　紙張
即將用盡
竟然連一張白紙
也不留

嫩綠

颱風走了　瘡痍
滿目　大地哀傷無言
在微曦中
吐出　吐出　吐出
嫩綠
回應造化的
肆虐

候機室

畫　一輪圓月
畫　一座山
畫　一間茅屋
畫　一盞燈
畫　一個人
嘴角掛著笑

就是畫不出
牽著的腸
掛著的肚

滄桑

風問：
什麼是滄桑？

葉子們
全都搖頭說
不知道
小鳥也吱吱喳喳地
說
不知道

落日
卻紅著眼睛
不說一句
話

窗

手機　一扇
打開的窗
讓你
看到了廣闊的
天地　卻也是

緊緊關閉的窗
看不到
坐在陽臺上
的

她

光

明明瞧見　燈熄了
卻發現　光　兀自
留在詩千首中　照亮
淒涼的夜晚

大海的味道

昨晚　做了個
似有大海味道的
夢
鹹鹹的

醒來時
枕頭上　留下
浪花濺濕的
痕跡

有感

你是一隻華麗的郵輪
卻沒有航行的海　因為
海域都有了主
只能靜靜地停泊在
詩的碼頭　任由歲月
鏽蝕

大旗

生為一面旗
就敢於　迎戰
現實　敢於
嘲笑所有的
颱風

縱使撕裂了
仍要
飄揚

情

落花
隨蜿蜒的流水
遠走了

色和香
卻在記憶中
不離不
棄

曠古的孤寂

一生的心血　化成了詩集
這一面鏡子　映照出美好
和醜陋的世界。知否　同時
映照出宇宙般無盡的寂寞

秋風中

葉子枯萎了　一生也就
結束了　這身體猶如葉子
惟生命已轉移至詩文裡

說月亮

在夜空
發出
比流水還要柔和的
光

雲海中
卻感到
比眾星還要
孤寂

詩的形狀

落後的山村
暗夜裡

一片漆黑
遠方的草舍
亮著
一盞燈

你喃喃自語：
終於看到了
詩的
形狀

普吉島渡假

三天兩夜　是一張稿紙
快樂一揮　也就完成了短詩
一首　短雖短　千年後仍然
可在詩中　聽到驚濤拍岸

蟬聲

用心聽　你就會聽見發自
內心的蟬聲　絲絲　絲絲　絲絲
絲絲絲絲絲──思思思思

流年

每天，浪潮都準時
來收撿深深淺淺的
腳印

【簫鳴點評】日升月落，潮起潮落，這是自然界亙古不變景觀。然，就在這亙古不變的景觀中，江山易主，人事更迭，生命消長。這，就是流年啊！詩人以浪花每天準時「撿拾」沙灘上「深深淺淺的腳印」，借喻時光沖刷下的人生來去無蹤，令人頓生「逝者如斯夫」之浩歎！

（「流年」一詩，於2016年獲中國八仙詩社擂臺賽首獎，亦即第一名。）

母親

——懷念先母。

淒風中　墓草悄悄說
知道什麼是哀傷
什麼是疼愛了嗎？

讀詩有感

寫了多年　這身體
竟然飄浮起來
愈來愈高
無法接近地面了

螞蟻

一覺　睡了五千年
仍在琥珀宮殿裡　繼續
做夢　夢見自己萬壽無疆

高樓

百層傳奇地標
至尊高度的
大樓　傲視著
全城
微微抬頭　對星月說：
我是
無可比擬的

地震聽了
笑得合不攏嘴

農舍

小溪邊　一座木屋
以炊煙的裊娜
告訴晚霞
這　就是幸福

人生樂趣

筆是
一枝釣桿
天天
在腦海裡鈎起
一隻隻
活蹦亂跳
的

笑話

外太空

放學回家後
小孫子問：
外太空有什麼？
是否
也有人類？

當然
有含笑的遠山
有潺潺的近水
有花草　也有蟲鳴
唉唉
如果有焦土
就有人類

你是一幅畫

命運　瘋狂的
畫家
以現實不同的
顏色
塗抹生命

畫了
一幅又一幅
色彩灰暗　難懂的
抽象畫

橡皮

如果
化為一塊橡皮
那麼　今生
想要擦掉的
便不只
恨事

什麼都可以擦掉
除了
月光般柔美的
情愛

風雨人生

風風
雨雨

雖然撐著傘
還是濺濕了
一身

乾脆丟掉傘子
讓大雨
淋個痛快

你錯了

遺憾　一條醜陋的疤痕
未能消除。只能輕輕的
撫觸　雖無痛感　卻一生
一世地難受　比飢餓難受

宴會

她驚呼
看！
那人千杯不醉

斟名
斟利

看他是醉
還是不
醉

日出有感

不叛逆　永遠忠心。你的情愛
是熱烘烘的太陽　一條鐵錚錚
的好漢　永遠打從東方升起
從不改變方向

聽湖

大樹用年輪紀錄歷經的
風雨。這湖心　可以嗎？
可以用漣漪紀錄一生的
風吹雨打？

海說

為何
總是在嘩然大笑

海說
天下無大事
還是少憤
多笑吧

椰樹下

望著椰樹下恩愛的戀人
月亮　以柔和的光　告訴
大海：相聚　是為了分別
浪濤嘩然大笑：分別
是無窮的餘音

望明月

太黑暗了　只好向月亮借光
既詩意了胸中的江河　也照明

高山峻嶺。只是　無力償還
圓月　像人間許多借貸者一樣

詩人的回答

何以
燃燒了數千年
至今
尚未熄滅

親愛的
他們用烽火
探照
真理

洋蔥

一首詩
說：
我是洋蔥

成為洋蔥
不是為了

讓你一面剝著
人生
一面流淚
而是為了美化
你的

身心

Chu Chu Train

童年是
坐在小火車上
馳往無盡的
歡樂

回頭一笑
至今
仍然坐在火車上
不願下來
雖然兩鬢已是
斑白

夜宿大雅臺

A

一片漆黑　詩人
有點失望：
夜空沒有閃爍的
淚珠

卻不知道　塔亞湖
就是　一顆晶瑩的
忍不住的
淚

註：大雅臺乃是菲律賓旅遊景點，有聞名世界的火山及「塔亞湖」。

B

望向窗外
夜色中　塔亞湖
猶如一杯黑咖啡
倘若
不加糖　就不需要
笑聲　不加牛奶
就不需要
慘白的月光

這杯黑咖啡
是苦難的人生
泡成的　適合
無眠的人
慢慢品嚐

C

晨霧瀰漫　看不清
周遭的景物　連她的容貌
也看不清楚　其實
有霧無霧都是一樣的
你　看清了幾張臉？
是否看清了政局？
是否看清了世情？
是否看清一顆顆撞跳的
心？

失眠夜

燈光下
癱軟於地上的
影子
是濃黑的
憂鬱

把燈熄了
統統收入
心中

歡迎光臨

一踏
進去
即刻昇到天堂
一踏進去
即刻下地獄
——
賭場
是快速昇降的
電梯
張大嘴巴
說：
歡迎光臨！
歡迎光臨！

青春的馬車

誰說
響遍石板路的
蹄聲
已然消失

今晚
清楚聽見
記憶的石板路上
一陣
噠噠噠噠的
蹄聲
有點沉重
有點淒涼

陪時間跳舞

輯三　忘情小築

一張照片（之二）

被刺刀
挑在半空的
嬰兒
沒有啼哭

卻至今
仍然清清楚楚
聽見淒厲
的

靜默

又見塔亞湖

看到塔亞湖
彷如看到自己的
心
有點波瀾
有永不乾涸的
柔情

湖底
有許多卵石

那些凸凸凹凹，叫做
不平

童年

消失了嗎？
我的
童年

今日
與小孫子來到
迪士尼樂園
原來，童年
好好地
藏在這裡

雞毛撢子

願意為你　拂掃桌椅
和撢衣服。啊請不要
狠狠地抓著我　抽撻
小孩

理髮

剪下了
遍地柔和的
月光
也無用

鏡子裡
這顆項上的
月亮
仍有剪不完的
光
照著
夜空

得詩一首

情愛
在燈下化為
一首詩
頓時
聽見歲月
的

驚叫

寶島之旅19首

探訪羅門

（探視羅門、蓉子兄嫂時，羅門剛剛摔了兩跤。令人於心不忍，深感悲傷。）

一首詩　一盞明燈
照明千古的寂寞。探訪
詩人之後　才知道燈屋尚在
貝殼燈仍然亮在宇宙中

接機

愛我嗎？
想念我嗎？

哈哈大笑
你說：
鬍鬚
會不會停止生長？

時間的撫觸

機場老了
火車站老了

聳立的大廈高樓
也老了
到處都有時間撫觸
的痕跡

寶島啊寶島
才幾年不見
卻變得如此蒼老
依然不變的
是

劇烈的政爭？
冷暖的人情？

在寶島

地址沒錯
繞了許久
車子
就是找不到那家
茶樓

美夢的茶樓
青春的茶樓
喁喁私語戀愛的
地點

遷移了
遷移了

吃沙拉有感

——在臺北C25Plus餐廳。

來一盤秋烤
時蔬綜合沙拉
再來一杯
漂浮冰淇淋咖啡

嘴角的笑意
就溢出人生的
美好
猶如有妳
就有了幸福

悲情城市

來到九份
看到了山路的
高低　人間的
不平。也領略了
舊城的美麗
地球的哀愁

且
好好地品嚐了
一個人的
味道

忘情小築

忘了名
忘了利
忘了悲欣
忘了心中燃燒的
怒火

卻依然
牢牢記住
那朵
似有似無的
笑

二手書店

書海中
不會沉船
卻可能迷失

並非
迷失於名
和利

也非迷失於虛情
假意
僅僅讓你消失於
時空中
難以返航

擔仔麵

一碗擔仔麵
看到了
大海的
風暴

渡小月
全靠你了
生命中
這一碗和著汗水
和淚水
的

麵

地球

擁擠
老舊的火車站
來來往往的

多是陌生人
等了許久
才迎來幾張
笑臉

帶來了燦爛的
陽光
帶來春天
和繁花

燦星

就因為
現實是
黑黝黝的
夜空
你　才站在101
的頂層
將閃光閃光的
詩
撒向

蒼茫

訂婚

——來臺參加婚禮有感。

把手交給你
把憐惜交給你
連她一生的
幸福
也交給你

只是
爸爸無法把這顆
心
交給你
交給你

結婚

——來臺參加婚禮有感。

露水和綠葉
完了婚
人生竟然青翠欲
滴
美好得
令人

顫抖

101星巴克

就算在35樓
較高級的
星巴克
那杯黑咖啡
還是一樣
苦澀

有身價
人生的滋味
會不會變得特別
香甜？

註：預定，最低消費200臺幣。只能逗留一個半小時。

食養山房

燈光柔和
氣氛也佳
山房裡
沒有菜譜
不能選擇
出什麼
就吃什麼
好在
酸甜苦辣都宜於

細嚼
慢嚥

人生啊人生

路樹大笑

車經總統府
兩旁的路樹
突然
放聲大笑

笑　景況不佳
笑　壓力增大
也笑自殺率
增長
笑聲悲淒
令人心痛

寶島之旅

五天　一顆掠過夜空的
流星。碰的一聲　落在
稿紙上　閃爍閃爍

凋謝

——臺北機場所見。

笑容
恰似陽光下
燦爛的
花

留在照片裡的是
永不凋謝的
花？

離別

——離別前夕，僅修改一首舊作「劍」，表達心聲。

從日月潭
帶回了一把
湖光山色
鑄成的
劍。今晚
輕輕
撫摸

突然
嘆的一聲

相思
滴紅床褥

註：今次來臺五天，得詩十九首。憂喜參半。

失題九行

奔波
一生
你　是否發現自己
仍在原地
既跑不出生老
病死
也跑不出情愛

時光
跑步機啊跑步機

餘音

————懷好友雲鶴。

清楚
聽見

殞星擊中心臟
的聲音
——
痛
是不絕的餘音

母子合照

從照片中
母子欣喜的
笑
看到人間的
美　善　真
接觸他們的眼光
猶如
觸電般觸到
幸福

把照片掛在心中
連自己
也幸福起來了

千山鳥飛絕

心啊　一塊藏於林中的
石頭　上面滿是記憶的
青苔　夕陽斜照　透過葉隙
映出石上的深綠　與淡紅

別干擾

浮出水面
金魚
對餵食的人
說

別干擾
我的世界
我作主

無畏

氣象局預計
年內還有五個
颱風

放聲大笑
你說
跟生活中
大大小小的颱風
相比
這算什麼？
有颱風
才有堅毅的
笑

回到唐朝

刀劍聲
槍聲砲聲
導彈在空中的
呼嘯聲
全是記號
猶如刻在樹上的
記號

循著這些記號
你可以
輕易回到
唐朝

老樹

每晚
都在窗外
窸窸窣窣地
自語

總算聽清楚了
說的是：
願世間眾生
已出生
或尚未出生
都能遠離苦惱
平安快樂

靜寂

假如
時間是洩沙器
那麼　生命
就是細沙了
情愛　則是
深夜裡
滿城的靜寂

洩沙器啊
看你如何洩掉我的
靜
寂

恆久的沉默

除此之外
上蒼
無法以語言表達
悲
欣

最多
在黑夜裡
雷擊
電閃

銳利的眼神

常常
逃避
母親的籐條

常常
逃避
母親的目光

今日
卻天天想念
母親銳利的目光
和籐條

感性・理性

舉杯
向月
連喝三杯
也就紅了臉
開始號啕起來

今晚
月色朦朧
品嚐
高山茶的清香
細品妳的淺笑
澈夜
無眠

清晨・墓園

墓園
很靜
每一片綠葉
都無語
連雀鳥也保持
沉默

臨別時
回首一看
依稀聽見墓園的
輕嘆：

這就是真相

歲月

Ａ小孩
什麼是歲月？

Ｂ小孩
媽媽說

將來會從頭上
長出來

兩個小孩
嘻哈笑了
你　卻笑不出來

路

雲朵說：
不是天災
就是人禍
生命
還有希望嗎

風兒笑了：
人間
縱橫交錯的
路
全是用愛
舖成的

心靈的安靜

一生追求的　也不過是安靜
那一條似近實遠的天地線。
至今仍在腦海中航行　什麼
時候　才能接近？

精簡的生命

猶如詩
冗長了
就令人不耐

還好
眼前這一首
只有寥寥數行
卻安排奇異
饒富
韻味

天天寫詩

生意清淡
是以　天天寫
詩

每個字
都愁苦著
臉
對你
嘆氣

筆說

早晚　誦經
你修的是
佛果

天天寫詩
我修的
是
心安
理得

讀詩九行

皺著
眉頭
猜不透
就是猜不透妳的
心思

雙眼
眨著星光
到底
心恨誰？

雲端十一行

人情冷暖
又如何？
有名有利
又如何？

這顆頭顱
既然飛昇於雲端
放眼是
晚霞千丈

還在乎人間的
恩怨
情仇？

一排浪花

浪濤說：
落日的餘暉
消失之後
世界　又將
陷入黑暗了

一排浪花
嘩然大笑：
真正可怕的
是
人性的
黑暗

懷念

童年斷了線的風箏　今晚
又出現於夢中。原來　父親

的愛　一直飛翔於思念的
藍天

近視

忘記帶眼鏡　你載上憂傷
看清了人間的汙穢。也看見
樹梢上明媚的陽光

跳舞的葉

明知
遲早要凋零
葉子們　仍然
每天在枝頭
歡欣地
唱歌
跳舞

翠綠
比蔚藍的天空
還炫目

樹下參禪

哈哈大笑　站起身來
大踏步離去。葉子的
凋零　洩露了天機

人情

朋友來信：
今天廣州
開始入冬了

哦！
夏天與冬天
就一天之隔？

觸電九行

執行安樂死後
愛犬
安息於花園

透過古堡的窗戶
英女王
每天
都觸電般
看到生命的
真相

呼救的光

流洩在床頭的
柔和的光
是月亮微弱的
呼救聲

寂寞是
難耐的
千古的孤獨更是
無法忍受

蝙蝠俠

從一幅
蝙蝠俠的圖像
看到
軍火商　雇傭兵
干預他國的內政者
失敗的將軍
自然資源的掠奪者

蝙蝠俠啊
你的面具後面
是一張
正氣凜然的
臉？

一對白鴿

飛累了
棲息在屋頂
白鴿說
世界是醜陋的
有什麼
值得活

另一隻說
有你
值得活
有美好的回憶
值得活

微醺

既不能大醉
那就微醺吧

月下
寂寞是一隻杯子
斟滿初戀的
記憶
和妳的
淺笑

這隻手

用寫詩的手
輕輕撫摸
妳的臉

讓妳聆聽
潺潺流水
那無限的柔情
讓妳感受
爆發的火山
那毫無保留的
愛

超級月亮

又圓又大
一輪皎潔的
月　用柔和的
光　向黑暗人間的
苦難眾生
說

不要怕
希望　就是生命中
超級大
的
滿月

削蘋果

她　三兩下
就剝開了橙皮
兼且　削好了蘋果

望著窗外
聳入雲霄的高樓
以及河畔
簡陋的木屋
心想：

誰的剝削
比較快呀

山

親愛的
心中有座山
使你看起來
巍峨
有氣勢

抬頭
望著一片蔚藍
卻覺得
十分
卑微

失題四行

整夜咳嗽　就是咳不出
憂思。僅咳出一些憤慨
和不平　而牽著的腸尚在
掛著的肚也是

黑暗的世界

微抬頭
赫見點點的人性

霞光

心事
沒人知

除了筆
常在無意間
洩露
夕陽的
霞光

燒豬

——給殷建波兄。

這一道
馳名千島之國的
佳餚
用手抓　尤其好吃
若是醮著
友情製作的
醬汁　更是
齒頰留香

再來一樽
冒出詩意的
美酒　啊啊
人生何求
人生何求

江湖

釣了
一生
什麼也沒有釣到

雖然江湖中
滿是絢爛的
雲霞
和點點的
星光

飛

苦難
是用走的

歲月
是用飛的

今生‧來世

即使
一路崎嶇到天涯
也要笑著
陪妳
走下去

走下去
並不在意
還要經歷多少劫
才能抵達
來生

口水戰

喜歡
看競選的口水戰

看到天堂
看到地獄
也看到面具後面
的
真貌

千百顆眼淚

誰說
窮苦的菲人
肚子裡
沒有東西

他們
不是每天都吞下
千百顆
眼淚？

甜笑

什麼是
人間最好的
共同語言？

風
在林中
笑著

水蛙
在池塘
哇哇
笑著

連天上
的一彎新月
也悄悄
向小溪露出
甜笑

寫給母親

縱使
生命的嚴冬
已經來臨
寒風　有點
刺骨

也要綻開一朵
燦笑
回憶足以溫暖
整個
冬天

燈飾

佳節近了
公園裡
又豎起百尺的
聖誕樹。夜裡
五彩繽紛的
眼睛
似乎少了悲傷
多了憂慮

望著黑暗的世界
每一隻眼睛
都閃爍著無限的
憐憫

落葉般的嘆息

都說：
月圓花好

月圓了
你的臉上
卻掛著兩行清淚
花好時
你卻
陷入沈思中
發出落葉般的
嘆息

高樓

爬了數十年
至今
仍在爬
樓梯

啊誰讓你的心
住在
老舊的

沒有電梯
的
高樓

唱遊的人生

唱過了
多少歲月？

唱遊者啊
你
嘹亮的歌聲
可曾感動人？
引起多少憐憫
和同情？

即使什麼也沒有
也要繼續流浪
繼續
唱遊？

「月亮」三唱

苦笑

中國月亮
是一張臉

這張臉曾經出現在夢裡
對著我
苦笑

月亮藥丸

菲律賓月亮
是一顆藥丸
治貧
療飢
兼治貪

唯
至今沒人服用

月變

美國月亮
不像以前那麼
圓

有時候　是
扁的
暗的

血腥味的

返千島之國

飛了兩個小時
才抵達
岷海灣的上空
俯望機窗外
愈來愈近的
萬家燈火
嗐！
明明是繁華
的

臺北

黃昏・歸鳥

她說：
別站在窗前
嘆氣了

關了窗
又說：
落日
有什麼好看？
夕彩
有什麼好看？
一隻歸鳥
有什麼好看？

冰淇淋

童年
是甜美的
冰淇淋

一入口
即溶化了
消失得比晚霞
還快

天下第一蛋糕

——給一生的伴侶。

愛上妳後
味蕾
就發誓不再品嚐其他
蛋糕了

除妳之外
沒有
蛋糕

迎風搖曳

花
從草地上
長出來

詩
從心田
衍生出來

誤炸

「什麼是真理？
　什麼是公義？」
　浮雲問

　勁風說：
　一具具
　血泊中的
　屍體
　是最有力的答案

餓

父親說：
希望
全在這位新總統
的身上

孩子叫道：
肚子餓了
他會不會給我們
白米飯？

朗誦詩歌

站在臺上的是
稚氣的朗誦者：
噗通　噗通
兩隻青蛙
跳進水裡
春天就帶著百花
來了

今天　才知道
天下第一的
朗誦者　竟是
小孫子

品茶

品著品著
就品出泉水叮噹
的聲音。就品出
母親呼叫的聲音
童年嬉笑的聲音
朗朗讀書的聲音
情話綿綿的聲音
燈下寫詩的聲音

誰說
杯子裡只有茶
水

此時此刻

此時此刻
多少人　餓著肚子
多少人　流淚祈求
多少人　在逃亡
多少人　流血哀號
多少人　在戰火中

此時此刻
我坐在星巴克
悠閒地
品嚐一杯
美好的
太平歲月

沉默

冷眼
看世界
你
一天比一天
沉默

用沉默吶喊
用沉默長嘯
用沉默
說了
許許多多
的

話

用淚水寫詩

勇敢地
笑　小朋友
今天來到班裡
向同學們道別

明天
就要去化療了
揮一揮手。給你
一千個祝福
一萬個祝福

你的無懼
將永遠鼓勵所有的
人
將留在同窗的心中
也將留在我的
詩中

笑聲

小孫子的
笑聲
是滿天閃爍的
星子

夜
讀著　讀著
就灑下一陣

感動

在佛前

之一

木魚　叩不碎滿腹的
辛酸。縱然佛祖　讓我
用兩行清淚　洗掉愛恨
和情仇　也洗不掉憂思

之二

不祈福　不祈壽。只祈求
出生或未出生的眾生　都像
歷劫歸來的船隻　從此停泊於平靜的港灣

之三

兩行清淚
訴盡人生的
無常

一朵微笑
和煦的陽光
透過葉穆
照著池塘裡的
蜉蝣

之四

無言。兩行清淚
已道盡人間的
悲欣

佛陀
回應以淡淡的
慈悲的
笑

之五

兩行清淚
訴盡人生的
無常

一朵微笑
似乎在說
感恩
生命中所有的
遇見

蒼涼的落日

歲月是
大漠中的
一潭清水
你　未能全部
帶走　只喝了
幾口
就騎著馬
朝一輪紅豔豔的
落日
疾馳而
去

相信旭日

　　　　　　──對千島之國多名員警涉毒感到失望，
「硬漢」總監聽證會落淚：不知道可以相信誰。

相信花吧
相信草吧
相信連綿起伏
的青山

你在晨曦中
踽踽獨行
海邊
也請相信初昇的
光芒萬丈的
旭日

你是黃昏

有人看也好
沒有人看
也好

你是黃昏
詩
是一抹美麗的
霞彩

臭豆腐

返菲後　一直
念念不忘寶島的

臭豆腐　很想再次
大快
朵頤

啊啊
貪汙的議員
販毒的市長
涉案的警官
不也是
另一種臭味沖天的
豆腐

生日蛋糕

迅速
被切成八塊
瓜分了
吃光了
啊生日蛋糕
猶如
賄款

傘被吞吃了

餵奶

黃昏
傲視人間的高山
峻嶺　聽見
一抹雲霞的
細語

在我眼中
世上沒有什麼是
偉大的
除了草舍前
裸胸餵奶的
母親

清掃落葉

螢幕前
好人　壞人
壞人　好人
全在庭上宣誓
講的
句句是實話

一大早
卻發現清道夫
掃著
滿街的
謊言

與筆為伴

筆是
枝椏
會長出蓓蕾
會綻放照亮世界之
花

與筆為伴
你無懼天地
的
黑暗

生日的來信

怎樣的人生
才算
值得？

女兒來信：
老爸　生日快樂
要永遠過的快樂——
天塌下來　現在我會
幫你頂——　我會
照顧你一輩子的
這是最新的ipad mini
玩得開心點

值得了
值得了

獨坐星巴克

對面　空椅
曾坐過的人
一起品嚐生命

之苦澀的人
去哪兒了

是啦 對面
好端端的
坐著無常
你 只能淺嚐
咖啡 輕嘆：
杯子啊杯子

阿彌陀佛

有樹
就有花
就有甜蜜的
果子
猶如：

有競選
就有
阿彌陀佛

賭

他是
建造這座宏偉
聳立雲霄之高樓的
人

也是
含淚
從頂層飛身躍下的
人

魚鰭

餐廳的
櫥窗裡
展示著碩大的
魚翅

看著看著
突然劇痛起來
教我如何
如何遊回遼闊
的
大海啊

閃爍閃爍

夜裡
古老的
教堂外
巨大的聖誕樹
閃爍閃爍

看久了
竟然發現
原來，那些燈飾
全是閃爍的
淚花

破門而去

病痛是　門
年老是　門
意外是　門
連自殺也是一道
門

不通過
任何一扇門

無法看到藍天
和白雲
也無法看到連綿的
青山和綠水

今夜
竟想放聲大笑
破門而
去

臉書

小孫子問：
什麼是山寨？

她說：
現在
哪裡還有山寨？

你笑了：
手機裡
到處都是

吃火雞

感恩節
美國人的窗外
一片晴好
大家都快樂地
吃火雞

印地安人
吃不吃火雞？
是否
想起祖先？
是否
看到染血的土地？
看到懸掛的頭顱？
看到遭肢解的
軀體？

一杯水

桌子上　玻璃杯盈滿著
清水。抬頭　濕著眼睛
對慈悲的菩薩　輕聲說
感恩

抬頭望

心啊　這顆憂鬱的月亮
縱然被夜空擁抱了千年
萬年　仍然感到孤獨　沒有
溫暖

十二月

天氣
並不冷
較冷的是
臉　更冷的
是
語言

更冷更冷的
是
萬物之靈的冷
血

家園保衛戰

　　　　　　——最近，巴黎氣候大會正式拉開大幕。有感。

世界遭遇
最熱一年之際
全球聚焦巴黎
「家園保衛戰」

好在
人情冰冷
不是熱浪
輕易
可以擊倒的

夜宿大雅臺

山中
一陣晨霧
模糊了視線
看不見周遭的
大小樹
連人的面貌
也迷濛不清

其實
沒有晨霧
也看不清
人
看不清世界

人間事

半聾　而且
睜隻眼
閉隻眼

人間事
想聽
也不想聽
想看
也不想看

問妳

下雪了
故國冷嗎？

仍在山中照顧
留守兒童？

再冷
也凍不住思念
凍不住心中那把
愈燒愈旺
的情愛
凍不住滿懷
的

悲憫

爆笑

翻開報紙
即刻聽見炸彈
的
爆笑：

你們也想
過太平日子

註：被捕美使館外栽彈兩嫌犯，據稱將在美麗的倫禮沓公園進行一場炸彈爆炸。多
　　少無辜者啊！！！

小小詩3首

憐憫

看到的　都是悲劇
夜雨　不能自已
哭得唏哩嘩啦

無眠

叮噹叮叮噹
聽了一夜。原來，風鈴
說的是：放下放下——

旅途

高速行駛　卻妄想
飛快倒退　退回
歡笑的童年

海

海鷗向深洋致敬
風，也歌頌大海的
遼闊

海
什麼也不說
平靜的心裡
感念著
涓涓的細流
高山的
瀑布

捧著妳的臉

暈燈下
捧著妳的臉
仔細地看
憐惜地看
這朵
馨香美麗的曇花

趁天未亮
趁此生未老

眸子

夜空　千萬隻濕潤的
眼睛　望著銀河邊
母親的新居。這時候
老人家也在看著我嗎？

裡面

小孫子問：
為什麼
公公　喜歡盯著
手機？

她說：
裡面
有月光的塗鴉
有江河的評論
有星空的大塊文章
還有
嘟著的
嘴

暮鐘

筆
撞響了心中的
巨鐘

驚起群鳥
疾飛於暮色中
連山外客船上的
你　也打斷詩思
聽見
一聲聲的
悲愴

和權寫作年表

一九六〇年代加入辛墾文藝社。努力於寫作及推動菲華詩運。

一九八〇年　詩作入選《中國情詩選》，常恩主編，青山出版社印行。

一九八五年　與林泉、月曲了、謝馨、吳天霽、珮瓊、陳默、蔡銘、白凌、王勇創立「千島詩社」。與林泉、月曲了掌編《千島詩刊》第一期至廿六期（共編二年半。不設「社長」位。和權負責組稿、審稿、撰寫「詩訊」、校對，以及對臺、港、中、星、馬、美、加等地之詩刊的交流）。

一九八六年　擔任辛墾文藝社社長兼主編。

一九八六年　榮獲菲律賓王國棟文藝基金會「新詩獎」，評審委員：向明、辛鬱、趙天儀。

一九八六年　出版詩集《橘子的話》，非馬、向明、蕭蕭作序，臺灣林白出版社刊行。

一九八六年　為菲華詩選《玫瑰與坦克》組稿，並撰〈菲華詩壇現況〉。張香華主編，林白出版社刊行。

一九八六年　詩作〈橘子的話〉，收入臺灣爾雅版向陽主編的《七十五年詩選》一書。張默評語：結構單純，引喻明確，文字淺顯，但是卻道出了海外華僑共同普遍的心聲。

一九八六年　應邀擔任學群青年詩文獎評審委員。

一九八七年　英文版《亞洲週刊》（Asia Week），介紹和權的《橘子的話》，並附和權照片。

一九八七年　加入臺灣「創世紀詩社」。

一九八七年　脫離「千島詩社」。與林泉、一樂等創立「菲華現代
　　　　　　詩研究會」。主編研究會《萬象詩刊》廿年（每月借
　　　　　　聯合日報刊出整版詩創作、詩評論等。從不停刊）。

一九八七年　《橘子的話》詩集榮獲臺灣華僑救國聯合總會華文著
　　　　　　述獎「新詩首獎」，除頒獎章獎金外，並頒獎狀。評
　　　　　　語：寫出華僑的心聲及對祖國與先人的懷念，清新簡
　　　　　　潔感人至深。

一九八七年　詩作〈拍照〉收入《小詩選讀》，張默編，臺灣爾雅
　　　　　　出版社出版。張默說：「和權善於經營小詩。『拍
　　　　　　照』一詩語句短小而厚實，敘事清晰而俐落……其中
　　　　　　滿布以退為進，亦虛亦實，似真似假的情境……有人
　　　　　　以『自然美、純淨美、精短美、親切美、暢曉美』
　　　　　　（姚學禮語）來稱許他，亦頗貼切。」

一九八七年　臺灣《時報週刊・七六九期》，刊出和權撰寫的〈獨
　　　　　　行的旅人〉（作家談自己的書。我寫「你是否撫觸到
　　　　　　衣襟上被親吻的痕跡」），並附和權照片。

一九八八年　與林泉、李怡樂（一樂）合著詩評集《論析現代
　　　　　　詩》，香港銀河出版社刊行。同時編選《萬象詩
　　　　　　選》。

一九八九年　二度蟬聯菲律賓王國棟文藝基金會「新詩獎」。評審
　　　　　　委員：蓉子等。

一九八九年　獲菲華兒童文學研究會、林謝淑英文藝基金會童詩獎。

一九九〇年　大陸知名詩人柳易冰主編的詩選集《鄉愁——臺灣與
　　　　　　海外華人抒情詩選》（河北人民出版社），收入和權
　　　　　　的詩〈紹興酒〉，又在大陸著名的《詩歌報》「詩帆
　　　　　　高掛——海外華人抒情詩選萃」中介紹和權的生平與
　　　　　　作品。

一九九一年　詩集《你是否撫觸到衣襟上被親吻的痕跡》出版，羅門作序，華曄出版社。

一九九一年　榮獲臺灣僑務委員會獎狀。評語：華僑作家陳和權先生文采斐然，所作詩集反映時事對宣揚中華文化促進中菲文化交流貢獻良多特頒此狀以資表揚。並頒獎金。

一九九一年　詩評論〈迷人的光輝〉及〈試論羅門的週末旅途事件〉二篇，收入《門羅天下》（當代名家論羅門）一書，文史哲出版社。

一九九一年　小品文〈羅敏哥哥〉，收入臺灣《中國時報・人間副刊》溫馨專欄精選暢銷書《愛的小故事》，焦桐主編，時報文化出版社。

一九九一年　獲中國全國新詩大賽「寶雞詩獎」。

一九九二年　詩集《落日藥丸》出版，菲律賓現代詩研究會出版發行，列入「萬象叢書之四」。

一九九二年　大陸著名詩評家李元洛評論文章〈千島之國的桔香——菲華詩人和權作品欣賞〉，收入李元洛著作《寫給繆斯的情書》，北岳文藝社出版發行。

一九九二年　詩作〈落日藥丸〉，選入香港《奇詩怪傳》，張詩劍主編，香港文學報社出版。

一九九二年　《落日藥丸》詩集，榮獲臺灣「中興文藝獎」，除頒第十六屆中興文藝獎章（新詩獎）壹枚外，並頒獎金。

一九九三年　臺灣文藝之窗「詩的小語」（張香華主持）於七月四日警察廣播電臺介紹和權生平，並播出和權的詩多首：〈鞋〉、〈拍照〉、〈鈔票〉、〈我的女兒〉、〈彩筆與詩集〉。

一九九三年　榮獲菲律賓中正學院校友會「優秀校友獎」。

一九九三年　臺灣《文訊》月刊，刊出女詩人張香華的文章〈珍禽——認識七年來的和權〉，並附和權照片。

一九九三年　童詩〈瀑布〉、〈我變成了一隻小貓〉、〈不公平的媽媽〉、〈螢火蟲〉四首，收入「世界華文兒童文學」（World Children Literature in Chinese）。中國太原，希望出版社刊行。

一九九三年　詩作〈潮濕的鐘聲〉，榮獲臺灣「新陸小詩獎」。作家柏楊先生代為領獎。

一九九四年　詩作入選臺灣《中國詩歌選》。

一九九四年　詩作多首入選南斯拉夫版《中國當代詩選》，張香華編。

一九九五年　詩作〈橘子的話〉，選入《新詩三百首》（一九一七～一九九五。集海內外新詩人二二四家，三三六首詩作於一書。大學現代詩課堂上採作教材）。張默、蕭蕭編，九歌出版社刊行。

一九九五年　於聯合日報以筆名「禾木」撰寫專欄「海闊天空」至今。

一九九五年　二度榮獲菲律賓中正學院校友會「優秀校友獎」。

一九九五年　詩作多首入選羅馬尼亞版《中國當代詩選》，張香華編。

一九九五年　大陸評論家陳賢茂、吳奕錡撰寫〈談和權〉，收入評述菲華文學的史書。

一九九六年　臺灣《時報週刊・九五九期》，大篇幅刊出和權的詩〈除夕・煙花——給妻〉（選自詩集《落日藥丸》），附謝岳勳之彩色攝影，及模特兒蔡美優之演出。

一九九六年　應邀擔任菲華兒童文學學會主辦第一屆菲華兒童作文

比賽評審委員。獲贈感謝狀。

一九九七年　臺灣《時報週刊・九八五期》，大篇幅刊出和權的詩《印泥》，附黃建昌之彩色攝影，及影星何如芸之演出。

一九九七年　五四文藝節文總於自由大廈舉辦慶祝晚會，多名女作家朗誦和權長詩〈狼毫今何在〉（朗誦者：黃珍玲、小華、范鳴英、九華等人）。

一九九七～一九九九年　應邀擔任菲律賓僑中學院總分校中小學生作文比賽之評審委員。獲贈感謝狀。

二〇〇〇年　《和權文集》出版，雲鶴主編，中國鷺江出版社出版發行。附錄邵德懷、李元洛、劉華、姚學禮、林泉、吳新宇、周柴評論文章。

二〇〇〇～二〇〇一年　再度應邀擔任菲律賓僑中學院總分校學生作文比賽之評審委員。獲贈感謝狀。

二〇〇六年　詩作〈葉子〉，收入臺灣《情趣小詩選》，向明主編，聯經出版社刊行。

二〇〇八年　大陸評論家汪義生撰寫〈華夏文脈的尋根者——和權和他的《橘子的話》〉，收入他的評論集《走出王彬街》。

二〇一〇年　《創世紀詩雜誌・第一六二期》，刊出和權的詩創作〈從「象牙」到「掌中日月」十首〉，並刊出二〇〇九年十二月廿九日，攜一對子女訪臺時，與創世紀老友多人在臺北三軍軍官俱樂部雅集之照片。

二〇一〇年　臺灣《文訊・二九二期》，刊出和權於二〇〇九年十二月三十一日，與多位創世紀詩社同仁拜訪文訊雜誌社（封德屏總編輯親自接待。大家一同參訪文訊資料中心書庫，並在現場留影）之照片。該期介紹和權

生平及作品。

二〇一〇年　臺灣《文訊・二九四期》，刊出和權詩兩首〈砲彈與
　　　　　　嘴巴〉及〈集郵〉。附彩色攝影照片，十分精美。

二〇一〇年　於聯合日報社會版「海闊天空」闢「詩之葉」，致力
　　　　　　提昇詩量詩質，影響社會風氣。

二〇一〇年　臺灣《文訊・二九七期》再度刊出和權的詩二首〈咖
　　　　　　啡〉與〈黑咖啡〉。附彩色攝影照片，至為精美。

二〇一〇年　詩集《我忍不住大笑》出版，楊宗翰主編，臺灣秀
　　　　　　威文化公司刊行（列入「菲律賓・華文風」叢書之
　　　　　　十）。

二〇一〇年　《和權詩文集》出版，陳瓊華主編，菲律賓王國棟文
　　　　　　藝基金會刊行（列入叢書之十）。

二〇一〇年　九月，詩作〈熱水瓶〉收錄南一書局出版之中學國文
　　　　　　輔助教材《基測綜合題本》。

二〇一〇年　詩集《隱約的鳥聲》出版，楊宗翰主編，臺灣秀威資
　　　　　　訊科技股份有限公司製作發行（列入「菲律賓・華文
　　　　　　風」叢書之十九）。該書剛出版，國立臺灣大學圖書
　　　　　　館即購一冊。記錄號碼：B3723139。

二〇一〇年　〈獨飲〉一詩刊於《文訊》。附彩色攝影照片，很是
　　　　　　精美。

二〇一一年　詩作多首譯成韓文，刊於韓國重量級詩刊。

二〇一一年　詩二首〈筵席上〉與〈礁〉，收入蕭蕭主編之《二〇
　　　　　　一〇年臺灣詩選》，亦即《年度詩選》一書。

二〇一一年　詩作〈橘子的話〉收入《漢語新詩鑑賞》，傅天虹主
　　　　　　編。

二〇一一年　〈大地震之後〉一詩刊《文訊》。附彩色攝影照片，
　　　　　　極為精美。

二〇一一年　詩作〈鐘〉又被臺灣康熹文化（專門製作教科書、參
　　　　　　考書的出版社）選入教材，亦即用於《高分策略——
　　　　　　國文》。

二〇一一年　中、英、菲三語詩集《眼中的燈》出版，菲律賓華裔
　　　　　　青年聯合會刊行。

二〇一二年　詩集《回音是詩》出版，楊宗翰主編，臺灣秀威資訊
　　　　　　科技股份有限公司製作發行（列入「菲律賓・華文
　　　　　　風」叢書之廿一）。

二〇一二年　獲菲律賓作家聯盟（UMPIL）頒詩聖描轆沓斯文學獎
　　　　　　GAWAD RAMBANSANG ALAGAD NI BALAGTAS，
　　　　　　該獎為菲國最高文學獎，亦為「終身成就獎」。

二〇一二年　三語詩集《眼中的燈》之菲譯版（由施華謹先生翻
　　　　　　譯），在年度甄選的最佳國家圖書獎（National Book
　　　　　　Awards）中入圍，該獎是菲國榮譽最高的圖書獎每
　　　　　　年被提名的由各主要出版社出版的優秀書籍多達幾百
　　　　　　本，能夠入圍的卻僅有數本。

二〇一二年　三語詩集《眼中的燈》除在菲國兩家主要書店
　　　　　　National Book Store和Power Books，上架出售外，也
　　　　　　在菲國數間大學被當作翻譯課本使用。

二〇一二年　詩評集《華文現代詩鑑賞》，與林泉、李怡樂合著出
　　　　　　版，臺灣秀威資訊科技股份有限公司製作發行，列入
　　　　　　新銳文叢之十九。

二〇一二年　受聘為菲律賓「第一屆亞洲華文青年文藝營」之顧問。

二〇一三年　馬尼拉計順市華校，擇取和權詩作〈殘障三題〉等，
　　　　　　訓練學生朗讀。

二〇一三年　二月十六日，華校學生在此間愛心基金會朗讀和權
　　　　　　的作品〈樹根與鮮鮑〉、〈和平之城〉、〈殘障三

題〉。

二〇一三年　臺灣某校高二課程有現代詩，侯建州老師把和權的作品拿出來分享討論。

二〇一四年　詩集《震落月色》出版，臺灣秀威資訊科技股份有限公司製作發行，列入秀詩人01。

二〇一四年　和權的詩五篇〈漂鳥〉、〈在畫廊〉、〈住址〉、〈即景〉、〈一尾詩〉選入聯合新聞網udn閱讀藝文〈獨立作家詩選〉──選自《震落月色》詩集。

二〇一四年　和權詩集《我忍不住大笑》、《隱約的鳥聲》、《回音是詩》、《震落月色》、《眼中的燈》（三語詩集）、《華文現代詩鑑賞》等著作，入藏北京「中國現代文學館」。

二〇一四年　詩集《霞光萬丈》出版，臺灣秀威資訊科技股份有限公司製作發行，列入秀詩人03。

二〇一四年　和權的詩〈金錢草〉選入臺灣名詩人張默傾力編成的第三部小詩選《小詩‧隨身帖》。

二〇一四年　十月，《創世紀》創刊一甲子，《文訊雜誌》特別展出創世紀一八〇期詩刊封面，以及四十七位創世紀同仁風格獨具的詩手稿。和權的小詩手稿〈殘障三題〉，與他的照片和簡介一同展出。（地點：臺北市紀州庵文學森林。日期：十月九日至十月廿六日）

二〇一五年　詩集「悲憫千丈」出版，臺灣秀威資訊科技股份有限公司製作發行，列為讀詩人64。

二〇一五年　中國劇作家協會文學部主辦「華語詩人」大展（八五），推出和權（菲律賓）詩作二十二首。

二〇一六年　「唯美詩歌學會」推薦唯美菲籍華裔著名詩人和權詩作八首（附輕音樂）

二〇一六年　東南亞華語詩人作品選《三》，推薦和權詩作〈橘子的話〉、〈找不到花〉。

二〇一六年　臺灣畢仙蓉老師朗讀和權詩作八首。字正腔圓且充滿感情的朗誦，令人一而再聆聽。

二〇一六年　中國萬象文化傳媒詩人，推薦和權的詩十二首。

二〇一六年　榮獲中國八仙詩社擂臺賽「一等獎」，亦即第一名（全國各地三十多位知名詩人參賽）。

二〇一六年　臺灣這一代詩歌社與資深青商總會合辦「吟遊臺灣詩詞大賞」活動。榮獲詩獎。

二〇一七年　應邀為中國丐幫「華韻杯」詩賽評委。

二〇一七年　應聘為「中華漢詩聯盟」顧問。

二〇一七年　中國「蓼城詩刊」第18期，短詩聯盟推薦和權的詩八首，亦即「新年八首」。

二〇一七年　「中華漢詩聯盟」多次為和權製作個人專輯，刊出詩多首。

二〇一七年　臺灣「給蠶：新詩報2016年度詩選」，收入和權的詩四首：1.畫夢、2.撐開的傘、3.一張照片、4.一抹彩霞。

二〇一七年　中國周末詩會337期，刊出和權的詩多首。

讀詩人110　PG1818

 陪時間跳舞
　　　——和權詩集

作　　者	和　權
責任編輯	林昕平
圖文排版	莊皓云
封面設計	葉力安

出版策劃	釀出版
製作發行	秀威資訊科技股份有限公司
	114 台北市內湖區瑞光路76巷65號1樓
	電話：+886-2-2796-3638　傳真：+886-2-2796-1377
	服務信箱：service@showwe.com.tw
	http://www.showwe.com.tw
郵政劃撥	19563868　戶名：秀威資訊科技股份有限公司
展售門市	國家書店【松江門市】
	104 台北市中山區松江路209號1樓
	電話：+886-2-2518-0207　傳真：+886-2-2518-0778
網路訂購	秀威網路書店：http://www.bodbooks.com.tw
	國家網路書店：http://www.govbooks.com.tw
法律顧問	毛國樑　律師
總 經 銷	聯合發行股份有限公司
	231新北市新店區寶橋路235巷6弄6號4F
	電話：+886-2-2917-8022　傳真：+886-2-2915-6275

| 出版日期 | 2017年8月　BOD一版 |
| 定　　價 | 270元 |

國家圖書館出版品預行編目

陪時間跳舞：和權詩集 / 和權著. -- 一版. --
臺北市：釀出版, 2017.08
　面；　公分
BOD版
ISBN 978-986-445-211-8(平裝)

851.486　　　　　　　　　106010679

讀者回函卡

感謝您購買本書，為提升服務品質，請填妥以下資料，將讀者回函卡直接寄回或傳真本公司，收到您的寶貴意見後，我們會收藏記錄及檢討，謝謝！如您需要了解本公司最新出版書目、購書優惠或企劃活動，歡迎您上網查詢或下載相關資料：http:// www.showwe.com.tw

您購買的書名：＿＿＿＿＿＿＿＿＿＿＿＿＿＿＿＿＿＿＿＿＿＿

出生日期：＿＿＿＿＿＿年＿＿＿＿＿＿月＿＿＿＿＿日

學歷：□高中 (含) 以下　　□大專　　□研究所 (含) 以上

職業：□製造業　□金融業　□資訊業　□軍警　□傳播業　□自由業
　　　□服務業　□公務員　□教職　□學生　□家管　□其它＿＿＿

購書地點：□網路書店　□實體書店　□書展　□郵購　□贈閱　□其他

您從何得知本書的消息？

　□網路書店　□實體書店　□網路搜尋　□電子報　□書訊　□雜誌

　□傳播媒體　□親友推薦　□網站推薦　□部落格　□其他＿＿＿＿＿

您對本書的評價：（請填代號　1.非常滿意　2.滿意　3.尚可　4.再改進）

　封面設計＿＿＿　版面編排＿＿＿　內容＿＿＿　文／譯筆＿＿＿　價格＿＿＿

讀完書後您覺得：

　□很有收穫　□有收穫　□收穫不多　□沒收穫

對我們的建議：＿＿＿＿＿＿＿＿＿＿＿＿＿＿＿＿＿＿＿＿＿＿

＿＿＿＿＿＿＿＿＿＿＿＿＿＿＿＿＿＿＿＿＿＿＿＿＿＿＿＿＿＿＿

＿＿＿＿＿＿＿＿＿＿＿＿＿＿＿＿＿＿＿＿＿＿＿＿＿＿＿＿＿＿＿

＿＿＿＿＿＿＿＿＿＿＿＿＿＿＿＿＿＿＿＿＿＿＿＿＿＿＿＿＿＿＿

11466
台北市內湖區瑞光路 76 巷 65 號 1 樓

秀威資訊科技股份有限公司　　　收

BOD 數位出版事業部

....

（請沿線對折寄回，謝謝！）

姓　　名：＿＿＿＿＿＿＿＿　年齡：＿＿＿＿　性別：□女　□男

郵遞區號：□□□□□

地　　址：＿＿＿＿＿＿＿＿＿＿＿＿＿＿＿＿＿＿＿＿＿＿＿

聯絡電話：(日) ＿＿＿＿＿＿＿＿＿＿ (夜) ＿＿＿＿＿＿＿＿＿＿

E-mail：＿＿＿＿＿＿＿＿＿＿＿＿＿＿＿＿＿＿＿＿＿＿＿